世界少年经典文学丛书

机器岛

[法]凡尔纳　著
侯鹏飞　编译

中国出版集团　现代出版社

图书在版编目(CIP)数据

机器岛 /（法）凡尔纳（Verne,J.）著；侯鹏飞编译. —北京：现代出版社，2013.2

ISBN 978-7-5143-1320-8

Ⅰ.①机… Ⅱ.①凡… ②侯… Ⅲ.①科学幻想小说-法国-近代-缩写 Ⅳ.①I565.44

中国版本图书馆 CIP 数据核字（2013）第 021750 号

作　　者　凡尔纳
责任编辑　刘　刚
出版发行　现代出版社
通讯地址　北京市安定门外安华里 504 号
邮政编码　100011
电　　话　010-64267325　64245264(传真)
网　　址　www.xdcbs.com
电子邮箱　xiandai@cnpitc.com.cn
印　　刷　三河市嵩川印刷有限公司
开　　本　700mm×1000mm　1/16
印　　张　9
版　　次　2013 年 2 月第 1 版　2021 年 8 月第 3 次印刷
书　　号　ISBN 978-7-5143-1320-8
定　　价　29.80 元

序　言

孩子是未来的希望，是父母心中的天使，是充满快乐的精灵。小学阶段更是孩子最快乐的时光，是孩子成长发育的黄金阶段。为了让孩子学习更多的课外知识，享受更加丰富的学习乐趣，我们策划了本丛书！

从小让孩子多读课外书，对培养孩子健康的心态和正确的人生观无疑将起着非常重要的作用。自《语文课程标准》公布以来，不少富有敬业精神、有才干的教师，在他们的教学中，担当起阅读教育的重担。他们在严谨的选材中，利用丰富的文学资源，向学生推荐了大量优秀的课外读物，实施了以“练成阅读和作文的熟练技能”为重要内容的阅读教育。大千世界充满了丰富的知识。阅读能丰富小学生的语文知识，增强阅读能力，提高写作水平，开阔视野，增长智慧。阅读本丛书，能够使孩子享受到阅读的快乐，激发起更浓厚的阅读兴趣，孩子的生活将充满新的活力与幸福！本丛书精选了世界名著和中国经典书目中流传最广、影响最大、最脍炙人口的作品，是培养小学生理解能力、记忆能力、创造能力的最佳课外读物。

最后需要指出的是，本丛书把世界上流传甚广的经典童话、寓言等也尽收其中，并将这些文学作品重新编写审订，使作品在不影响原著的基础上更适合少年儿童阅读，在丰富他们课余生活的同时提高语言和文字表达能力。本丛书通过科学简明的体例、丰富精美的图片等有机结合，使小读者不仅能直观地领略作品的精髓，而且还能获得更为广阔的文化视野和愉快体验。希望本丛书能成为孩子生活的一缕阳光照亮孩子前进的道路，能成为一丝雨露滋润孩子纯净的心灵。

编　者

目　录

一 四重奏的伙伴们

如果开头不能顺利旅行，很少能够圆满地结束，这种说法至少用在四位演奏家身上很恰当。事实上，他们一定要在前一个火车站搭乘上这辆马车，而马车刚刚在路边的斜坡上翻倒，他们的乐器散了一地。

“有人受伤吗?”第一位演奏家飞速地从地上爬了起来喊道。

“我只是擦破了点皮!”第二位演奏家一边回答说，一边慢慢地擦着被碎玻璃划出了道道伤痕的脸颊。

“我也是受了点轻伤!”第三位演奏家说着，他的伤是小腿上划破了一点。

不管怎么说都还不严重。

“我的大提琴呢?”第四位演奏家喊着，“我的大提琴可千万别出什么事!”

托老天的，所有装乐器的箱子都完好无损，里面装的大提琴、小提琴以及中提琴都没有摔坏，只需重新调一下音就可以了。名牌货就是名牌货，真是精品啊

“该死的火车! 把我们丢在半路上受罪!”第一位开口说道。

“倒霉的马车! 竟然在这么一个前后不见人影的地方翻了!”另一个回应着。

“天快要黑了!”第三位继续说道。

“幸好我们的音乐会要到后天才举行!”第四位回应说。

因此，四位艺术家把他们的遭遇当作玩笑来交谈，开始互相说笑起来。其中一位由于职业习惯根深蒂固，竟然用音乐术语开起了玩笑:

“如今在我们的马车 mi 在 do 之上了!”“潘希纳!”严厉打断他的话。

“我看，”潘希纳接着说道，“那是由于谱号变音太多了!”“你就少说

一句吧！”

“而且最好把我们的曲段移动到另一辆车上去！”潘希纳竟然又加上了一句。千真万确！“变音”的确是多了一些，读者马上就会知道是怎么一回事了。

上述四位演奏家的交谈用的都是法语，不过他们用英语来交谈也没有问题。这四位合奏者使用沃尔特·司各特和库珀的语言就如同他们的母语一样熟练，这多亏了长期在盎格鲁－撒克逊传统的国家旅行的缘故。他们刚刚与马车夫的对话用的就是英语。

憨厚的马车夫伤得最重。当马车前部的车轴折断的一瞬间，强大的冲击力把他从座位上甩了出去。不过，他也仅仅是碰破几个地方，尽管比较疼，然而并没有生命危险。由于扭伤了脚，车夫无法走路了。因此，乘客们必须找到其他的交通工具，能把他们一直送到其他的村子里去。

这次事故中居然没有一个人死亡，绝对称得上是一个奇迹。他们所走的这条路曲曲折折地穿过一片山区，路边就是无底的深涧，许多路段边还有喧嚣的急流，有几处还要经过难行的浅滩。假如刚才往前多滚几步车轴再断开，那么整个马车都会翻到山涧里，那时恐怕就没有人幸免了。

两匹拉车的马，其中一匹头部撞到了一块尖石头上，躺在地上奄奄一息地喘着气；而另外一匹髋部严重受伤，如今是既没有马车也没有拉车的马匹了。

简而言之，在下加利福尼亚这块土地上，这四位艺术家很不幸。一天之内连续遭遇两次厄运，除非你是一个哲人才顶得住。

当时，加利福尼亚这个古老的联邦州的首府旧金山，位于州的边缘，那时已经有直达圣地亚哥的铁路了。这四位旅客正是要赶往那座重要的城市，后天他们要在那里开办一场音乐会。这次音乐会的宣传声势浩大，而人们都在那里期盼着音乐家们的到来。火车昨晚从旧金山出发，却在距离圣地亚哥只有五十英里的地方，第一次意外竟然发生了。

那的确是一个“意外”！四位中最为风趣的那位说得很准确，而大家都接受了这位曾经获得过练习曲大奖的人的话语。

火车在帕斯卡尔站被迫停了下来，那是由于突然袭来的一股洪水将前方一条三四英里长的铁轨冲毁，再往前走两英里就前进不了了。旅客与货物的中转工作那一刻还没有组织起来，由于事故在几个小时前才发生。

一定要当机立断：或者等到铁路重新开通，或者到其他的小镇上随便雇辆马车到圣地亚哥去。

最后四个人选择了雇一辆马车。他们在附近的村子里找到了一辆已经破得不堪的旧式马车，车身上有好多虫蛀的窟窿，坐上去非常不舒服。他们同车主讲了一会儿价钱，又许诺会多给车主一笔不小的小费。价钱搞定了之后，他们把行李放在火车上，只带着乐器出发了。那时大约是下午两点前后，一直到晚上七点旅行都还比较顺利，既没有遇到什么困难，乘客们也不觉得很累。但是看看如今，第二次“意外”刚刚发生：马车翻倒了，然而最倒霉的是不可能再乘坐这辆车走下一步的路了。

那时，四位演奏家距离目的地还有足足二十英里呢！

那么，这四位出生在巴黎的法国音乐家为什么要担着风险穿越下加利福尼亚这些荒凉偏僻的地区呢？

为什么？在这里我将简要地介绍一下理由，并且用寥寥几笔勾勒出这四位名演奏家的样子。正是“机缘巧合”这个富于幻想的“导演”让他们成为了这个传奇故事中的主人公。

在故事发生的那一年——我很是遗憾无法准确地指出准确的时间，由于可能会有三十年的误差，当时美利坚合众国联邦旗帜上的星数量多了一倍。它把以前英国的自治领土和加拿大的部分领土划入版图之后，北部边界一直扩展到北冰洋岸边；向南则将势力范围延伸到了墨西哥、危地马拉、洪都拉斯、尼加拉瓜和哥斯达黎加，直至巴拿马运河。美国工商业规模因此变得空前强大。与此相对的是，这些野心勃勃的“美国佬”们对艺术的追求更加强烈了。虽然他们自己的艺术作品寥寥无几，虽然他们对绘画、雕塑和音乐还有些陌生，然而至少对于上乘艺术品的爱好在他们中间已经很普遍了。为了私人或者公共的画廊的需要，美国佬不惜重金购买大量古代与现代艺术大师的绘画作品；依靠高昂的酬金聘请有名望的歌剧或戏剧大师，以及最具才华的演奏家来此地表演，他们努力培养自己对于优美与高贵的事物的鉴赏水平，而这刚好是他们一直以来所缺少的素质。

就音乐方面来说，最先受到新大陆的音乐迷们追棒的是迈尔贝尔、阿莱维、古诺、柏辽兹、瓦格纳、威尔第、马塞、圣桑、雷耶、马斯内、德里勃等那些19世纪上下半叶杰出的曲作家。此后，他们渐渐懂得了如何欣赏莫扎特、海顿和贝多芬那些激昂的作品，开始接触那种曾经风靡整个18世纪的崇高艺术的起始。歌剧先发展起来，接着是抒情剧；抒情剧之后发展起来的是交响乐、奏鸣曲和交响乐队演奏的组曲。说得更明白一些，就在我们畅谈音乐艺术的这一刻，奏鸣曲在合众国的各个州可谓红火至极。人们宁愿按照每一个音符来掏钱包买门票，一个二分音符值二十美元，一个四分音符值十美元，但是一个八分音符竟然高达五美元。

由于大众了解了这种狂热，我们这四位身价奇高的音乐家才决定来美国追寻更大的辉煌。四位好伙伴以前是国立高等音乐学院的学生，早已在巴黎成名。尤其在所谓“室内音乐”方面，他们的演奏倍受喜爱，而这种音乐在北美却并没有多少人知道。他们的演奏，配合得很默契，表达出深邃的感情，以此来诠释莫扎特、贝多芬、门德尔松、海顿、肖邦等音乐大师为四种弦乐器——第一和第二小提琴、中提琴、大提琴——所演奏的华美乐章！毫无丝毫的喧闹，毫无丝毫的矫揉造作，演奏的过程完美极了，演奏技巧非常精湛！那时公众已经厌倦了宏大的交响乐合奏，这就更能使人理解为什么这四位演奏家能够获得成功了。让音乐仅仅成为声波，以艺术的手法相结合而产生悦耳的震荡吧，这已经足够了。

简而言之，我们这四位演奏家决心引导美国人去领略室内音乐温柔而难以形容的快乐。他们当初出发前往新大陆，两年以来那些爱好音乐的美国佬为他们的演奏而热情地鼓掌，同时毫不吝惜地掏腰包。不管白天还是夜晚，他们所举办的音乐会总是场场满员。“四重奏”——人们如此称呼他们——甚至都没有时间接受那些富豪显贵们的私人邀请。假如没有他们到场，节庆、聚会、交际晚会、午后茶会一定都无法举行，甚至还包括足以引起公众关注的游园会等等。狂热的追捧让这四位合奏者赚够了金钱。假如把这些钱都存到纽约银行的保险柜里的话，那早就已经是一笔可观的数目了。但是，为什么事实并非如此呢？那是由于我们这四位已经“美国化”了的巴黎人总是花钱如流水一般！他们根本就没想要到积攒钱财，由于他们是“琴弓王子”，是“四弦之王”！他们对这种冒险生活很满意，相信不管走到哪里，不管什么时候，都会受到热烈的欢迎，都会有大把大把的钱。从纽约到旧金山，从魁北克到新奥尔良，从新苏格兰到得克萨斯，他们到处奔波。最终，他们似乎有些放荡不羁了。

看来我们扯得有点远了。如今应该逐一介绍这四位音乐家了，尤其是由于我们的读者中有些人以前从来没有、甚至以后也不会听到他们的名字了。

伊韦尔内——第一小提琴家，三十二岁，中等偏高的身材，打算保持他瘦弱的体形；一头金色卷发，面庞光滑无须，黑色的大眼睛，还有修长的手，天生就是为了能在他的加尔奈利尤斯小提琴的琴板上尽情演出。他仪态优雅，喜欢穿一件暗色大衣，头上戴着一顶丝质的高帽，看上去有些矫柔造作。然而，他一定是团队中最无忧无虑的人，也是对名利满不在乎的一个。他是一流的天才艺术家，是个美好事物的热情追求者，绝对是一个具有高超的才能与远大的前程的艺术家。

弗拉斯科兰——第二小提琴家，三十岁，身材矮小，有些发福，对此他本人也很无奈；棕色的头发，棕色的胡须；大脑袋，黑色的眼睛，长鼻子的鼻翼能够动起来。他总是戴着一副金丝边近视镜，因而在鼻子支撑眼镜鼻托的地方有着红色的痕迹。他是个老好人，待人亲切，乐意为别人服务，自己一个人把累活都揽下来，为的是减轻大家的负担。他负责四个人的开销，总是劝大家省钱，然而却从来没有人听他的。对于同伴伊韦尔内的成功，他一点也不感到嫉妒，也没有过野心要站在乐谱架子前来一个小提琴独奏。除此之外，他还是出色的自卫队士兵。如今，他身穿旅行装，外面穿着一件宽大的风衣。

潘希纳——中提琴家，大家总是称他为“殿下”，二十七岁，团队中最年轻的一个，也是最爱开玩笑的家伙，属于一辈子都像调皮男孩子的那种人，永远也改不了搞怪顽皮的个性。他思维敏捷，诙谐的目光时时保持着机警；头发近乎红棕色，小胡子两边修整得向上翘起，舌头在洁白而整齐的牙齿中咋咋作响。这是一个无可救药的玩笑大王，随时随地能够挖苦别人，同时也有回击的准备。他的情绪始终处于兴奋状态，或许是中音部的乐谱看得太多的缘故——用他的话讲就是“管家婆的针线包”总也不离身！他的脾气很好，喜欢开玩笑，却从不顾忌别人可能为此而心烦。就由于这一点，他不知道多少次受到“四重奏”乐团团长的不满和敌视。

他们的团长就是大提琴家塞巴斯蒂安·佐恩。他之因此成为四个人的头儿，是由于他的能力较高，也是由于他的年龄——五十五岁，小个子，矮胖的身材，一头浓密的金发在太阳穴旁形成了卷曲的鬓角，竖起的小胡子与乱蓬蓬的络腮胡须搅和在一起，胡子尖向外翘着，暗红棕色的面庞上一双眼睛炯炯有神。当他翻阅乐谱时，还要多戴上一副夹鼻眼镜。他的手掌厚实丰满，右手习惯性地做出拉琴弓时那种波动的姿势，无名指和小指上的大戒指耀眼得很。

我觉得上面简单的几笔足以描绘出这些人物以及作为艺术家的独特风格了。但是，一个人四十多年一直在膝盖之间夹着这么一个会发出响声的盒子，那是肯定会受到影响的，同时这一辈子都是如此，性格也因此而变化了。大部分的大提琴家都喜欢唠叨，动不动就生气，嗓门非常大，说起话来兴高采烈，然而也不缺少动人之处。这就是塞巴斯蒂安·佐恩，也就是伊韦尔内、弗拉斯科兰和潘希纳三个人甘愿以指挥权相托的人，三人任由他们的头儿发号施令，由于他是个行家。大家已习惯于他这种专横的方式，然而当他的做法有些“过分”时，其他三位却不放在心上——不过对于一位演奏家来说这绝对有些令人遗憾，因此那个不知轻重的潘希纳常常就此对他表示不满。节目的编排、旅行路线的制定、与剧院经理的接洽，各种各样的事务都归他一个人来处理，自然而然地造成了他在许多场合都会发火。而不用他费心的地方，就是有关收入和账目管理方面的事情，这些就由第二小提琴，也就是团队中以谨慎和出色见长的“会计”弗拉斯科兰来处理妥当。

四重奏的各位演奏家都已经介绍清楚了，大家已经清楚了这四个人的性格特征，他们即使不能说很古怪，最少也是太与众不同了。下面请读者耐心地听听这个离奇故事的情况吧，从中将看到这四位巴黎人怎样表现。在此之前，他们已经受到了美利坚合众国各个州的欢迎，此时正要往……然而请大家不要去预测，“别赶拍子！”“殿下”会抗议的，还是让我们耐心一点吧。

晚上八点到来的时候，四位巴黎人停在了下加利福尼亚的一条宁静的路上，边上则是他们“翻倒的车子”的残骸——顽皮的潘希纳竟然用布瓦尔迪厄的乐曲来为这辆破车起名。尽管弗拉斯科兰、伊韦尔内和潘希纳对这次遭遇并不太介意，甚至这次事故还启发了他们，成为他们调侃的源头，但一定要承认一点：对于他们的头儿来说，这肯定要让他大发雷霆了。又能怎么样呢？大提琴家肝火旺盛，正如人们所说，性情暴躁。因此，伊韦尔内宣称他们的头是埃阿斯和阿克琉斯的后代。

这里还要提醒一下大家，一下：塞巴斯蒂安·佐恩生性易怒，伊韦尔内冷静镇定，弗拉斯科兰温和可亲，潘希纳总是天生的乐天派！他们是最好的伙伴，彼此之间有着非同寻常的情谊。他们生活在一起，无论利益的分歧还是自尊心的驱使都无法将他们四个分开，共同的兴趣爱好将他们结合得更密切了。他们的心如同他们所使用的上乘乐器那样和谐。

塞巴斯蒂安·佐恩一边咒骂着，一边轻轻地抚摸着他的大提琴盒，以便确信他的宝贝乐器还是完好的。这时弗拉斯科兰走到了车夫跟前：

“好吧，”他向车夫问道，“朋友，我们现在该怎么办呢？”

“现在既没有马匹，也没有马车，”车夫回答，“所以我们只好等待了……”

“等待天上掉下马和马车吗？”潘希纳嚷了起来，“天上会掉下来吗？”

“那我们就自己去找。”弗拉斯科兰说道，务实的性格使他从来都抱有希望。

“到哪去找啊？”塞巴斯蒂安·佐恩咆哮着，气得在路上蹦得老高。

“哪儿有就到哪儿去找呗！”车夫说道。

“嘿！赶车的，你这是什么意思？”大提琴家的声调高了起来，几乎接近于高音阶了，“这算是回答吗？就这个？你说的是什么话？就由于你这个笨蛋，把我们从车上摔了下来，车也摔坏了，马也受伤了，竟然还想说一句‘你们想辙吧！’就了事？”

喜爱唠叨的性格让塞巴斯蒂安·佐恩开始喋喋不休地怒骂起来，即使这样，对目前这样的窘境也没有任何帮助。弗拉斯科兰打断了他的话：

“让我来处理吧，我的老佐恩。”

接着，他问车夫：

“朋友，如今我们在什么地方？”

“离弗莱夏尔五英里。”

“那儿有火车站吗？”

“没有，那是一个海边的村庄。”

“在那儿能找到车吗?”

“四轮马车……恐怕不行……但双轮牛车有可能找到……”

“两个轮子的牛车，就像墨洛温王朝时代的那种牛车!”潘希纳喊叫了起来。

“无所谓!”弗拉斯科兰说。

“啊?”塞巴斯蒂安·佐恩又说话了，“还是问问他，那个叫弗莱夏尔的破地方有没有住的地方吧！我可不愿意走夜路……”

“朋友，”弗拉斯科兰问道，“弗莱夏尔有客栈吗?”

“有，本来我们应该在那个客栈住宿的。”

“假如想去那个村子，只能走大路吗?”

“是，一直往前走。”

“那我们出发吧!”大提琴家说道。

“然而把这个可怜的家伙扔在这里，真有点残忍，”潘希纳提到了这个问题，“朋友，你自己能站起来吗?”

“站不起来!”车夫回答他说，“再说，我宁愿待在这里和我的车在一起……天亮了再想其他办法……”

“我们一到弗莱夏尔，”弗拉斯科兰回头对车夫说，“就派人过来帮你。”

“好的，客栈老板和我关系很好，他不会让我在这个倒霉的地方过夜。”

“怎么还不走?”大提琴家叫嚷着，此时他已经把他的乐器盒背到了身上。

“等一下，”潘希纳说道，“让我们先把车夫抬到斜坡上吧。”

应该把车夫从大路中间抬走。由于他的腿伤得很重，因此潘希纳和弗拉斯科兰把他抬起来转移到了路边，让他靠在了一棵大树的树根上，而垂下来的一些树枝构成了一个绿色的摇篮。

“到底还走不走?”塞巴斯蒂安·佐恩第三次叫喊着，之前他已经用两根专用皮带把琴盒子系到了背上。

“这下可以了。”弗拉斯科兰说。

最后，他对车夫说：

“就这么定了，弗莱夏尔客栈的老板会来帮助你的。在此之前，你还需要什么吗？我的朋友。”

“还需要一点东西，”车夫说道，“我还想喝点杜松子酒。如果你们的酒壶里还有一点的话……”

潘希纳的酒壶还是满的，我们的“殿下”也很乐意把它贡献给你。

“有了它，老朋友，”潘希纳对车夫说，“晚上你就不会冷了，起码御寒！”

大提琴家最后的一声怒喊让大家决定还是赶紧上路吧。幸运的是他们把行李留在了火车的行李车厢里，而没有一起带到马车上。即使他们会耽误一些时间赶到圣地亚哥，至少我们的四位音乐家不必把行李一直扛到弗莱夏尔村去。那几个装提琴的琴盒子就够麻烦了，尤其是大提琴的盒子太费力气。名副其实的演奏家从来都不和他的乐器分开，这可是绝对不能忽视的。

二 奏鸣曲产生的巨大威力

在漆黑的夜晚徒步前进，又不认识路，四面都是荒野，这种地方强盗比旅客多得多，这让人非常恐惧。“四重奏”目前遭遇的境况也是这样。法国人都很勇敢，这一点不必怀疑，而四位法国音乐家当然会尽可能的勇敢一些。然而，勇敢与鲁莽之间有一条界线，凡是有理智的人都不会逾越。不管怎样，假如火车没有遭遇洪水，假如马车没有在距离弗莱夏尔五英里的地方翻车，我们的演奏家们是不会硬着头皮在这条危险的路上赶夜路的。

现在是晚上八点左右，塞巴斯蒂安·佐恩和他的伙伴们按照车夫所指的方向向前走着。既然只拿着小提琴轻巧的皮质琴匣，一点也不妨碍走路，小提琴家假如还抱怨的话就没道理了，因此睿智的弗拉斯科兰、乐天派潘希纳和理想主义者伊韦尔内一句牢骚话也没有说。但是大提琴家的情况就不同了，笨重的大提琴琴匣仿佛衣柜一样压在了塞巴斯蒂安·佐恩的背上！再加上易怒的性格，就很容易让人明白为什么他会这样大发脾气。他嘴里嘟嘟囔囔，把心中的怨气用“啊!”“哎呀!”“喔!”发泄出来。

夜色越来越深了。厚厚的云层在天空中移动着，有时被风撕扯出条条细缝。穿过这些缝隙，显露出月亮若隐若现的身影。今晚正值上弦月，一钩弯弯的月牙藏在云层之后。美丽的金发月神居然没能让塞巴斯蒂安·佐恩高兴起来，除了怪他的坏脾气和易怒的性格，其他原因就不知道。他挥动拳头冲着月亮喊道：

“嘿！瞧你那半边脸多令人讨厌！你想干什么？我真不知道还能有什么东西比你这张没熟透的瓜片脸更愚蠢的了，竟然还在天上散步!”

“还是让月亮正对着我们好。”弗拉斯科兰接着开了口。

“怎么会这样呢?”潘希纳问道。

“由于那样看路会清楚些。”

“啊！纯洁的狄安娜，”伊韦尔内此时吟诵起诗句来，“啊！黑夜温柔的使者。啊！地球苍白的卫星。啊！牧羊人恩底弥昂崇拜的偶像……”

“你的诗念完了吗？”大提琴家怒冲冲地说道，“你们这些第一小提琴拉起来就没个完……”

“咱们加快吧，”弗拉斯科兰发话了，“否则的话就要睡在美丽的星空下面了！”

“那得有星星才行啊！而且也许赶不上我们在圣地亚哥的音乐会了！”潘希纳提醒大家。

“真是个好点子！老天啊！”塞巴斯蒂安·佐恩一边嘟囔着，一边摇晃着琴匣，匣子发出一阵抱怨的咯吱声。

“不过老哥儿们，”潘希纳说，“这个主意那可是你想到的。”

“我的主意？”

“当然喽！为什么不留在旧金山？我们在那里赢得了多少加利福尼亚人的青睐啊！”

“我也问你一个问题，”大提琴家问道，“我们为什么要离开那里？”

“由于是你要走啊！”

“好吧，那我一定要承认我的建议是一个馊主意了，而且假如……”

“嘿！朋友们！”伊韦尔内边说边用手指着夜空中的一个点，那里一丝惨淡的月光为一片云朵镶上了微白色的花边。

“伊韦尔内，出什么事儿了？”

“大家看那片云彩的形状跟一条龙一样，伸展着双翅，还拖着一条用巨人阿耳戈斯的眼睛装点的孔雀尾巴！”

显然佐恩没有伊纳楚斯女儿的守护者那种能把事物放大百倍的慧眼，由于他连路上一个很深的车辙坑都没看到，一脚便踩了下去。这让他很不幸地摔了一大跤。由于他还背着琴匣，此时他的样子活像一只大甲虫在地上爬着。

这下演奏家可气恼火了——也确实有他气恼的原因，他朝着第一小提琴手一顿训斥，当时第一小提琴手还在欣赏着天空中的怪物呢。

“都是伊韦尔内害的！”佐恩肯定地说，“如果我不是为了看他那条该死的龙……”

“现在已经不是龙了，而是一只双耳尖底瓮！只要简单想象一样，就能够发现赫柏女神正用它为诸神斟美酒呢……”

“当心这酒里还掺和着许多水呢！”潘希纳喊叫道，“你那充满魅力的青春女神要为我们冲个澡！”

就在这一团糟的一刹那，天上下起雨来了。因此，明智的选择就是快速前行，到弗莱夏尔找到落脚的地方。

大家把正在气头上的大提琴家扶起来，他还在不停地嘟囔着。乐于助人的弗拉斯科兰主动提出要帮佐恩背琴匣。刚开始，佐恩不同意——让他和他的乐器分开？这把根特和贝尔纳代尔制造的大提琴可以说是他生命的一部分，但他最后还是做了让步，他那珍爱的另一半转到了弗拉斯科兰的背上，而后者则把自己轻巧的琴匣给了佐恩。

大家又继续赶路了。顺顺利利走了两英里，没有发生任何事故。天色越来越黑，已经有大雨点稀稀拉拉地落了下来，这可以证明高空中的云层是暴雨的前兆。但是，伊韦尔内的美丽女神并没有用她的酒瓮继续向人间倾倒“美酒”，我们的四位夜行者有希望在到达弗莱夏尔时不会被雨浇透。

虽然没有了暴雨的威胁，但是还要时刻小心别在这条漆黑的路上摔跤。这条路已经被冲刷得坑坑洼洼，不时还会出现急转弯。而路的两侧都是一些宽宽的沟壑和黝黑的山涧，从那里不断传来急流的咆哮声。由于性格迥然不同，伊韦尔内感觉富于诗意的地方弗拉斯科兰却认为一定要分外小心。

除了道路难行，我们还要小心的就是在下加利福尼亚旅行时，一定别遇到危及旅客安全的事情。四重奏的全部“武器”就只有三把小提琴和一把大提琴，这在发明科尔特手枪的国度里肯定是不顶事的，而此时手枪的制造技术已经很完美了。假如佐恩和他的同伴是美国人，一定会把自己武装起来，在腰间的一种特制的口袋里插上这种手枪。地道的美国佬如果从旧金山乘坐火车到圣地亚哥，一定不会不带上一支六发左轮手枪，这是他们旅行的必备品之一。然而法国人却不会认为有这个必要，甚至从来没有想过要带着武器出门。不过，这次他们后悔死了。

潘希纳走在队伍的前头，双眼一直盯着路边的斜坡。道路的左右两侧都很陡峭，因此受到突然袭击的可能性不大。天性诙谐的“殿下”又想拿伙伴们开玩笑，算计着怎样“吓唬”他们。例如，他突然停下脚步，用充满恐惧的声音轻轻地说：

“啊！那里……我看见什么了……准备开火！”

可是当道路延伸进一片茂密的森林时，他寻开心的念头消失了。此时他们周围尽是宛如猛犸般的参天大树，足有一百五十尺高，这就是著名的加利福尼亚巨杉。“每一棵巨大的树干后都可以隐藏十个人。耀眼的闪光之后是清脆的爆裂声，一颗子弹呼啸而过……会不会遇到这种可怕的事情？会不会听到这吓人的声音？这种地方显然是为夜间偷袭准备的，完全可能遇到埋伏。如果他们很走运，不会碰到强盗了，那是由于这类受人尊敬的人物已经在美国西部完全消失了，或者说此时他们正忙于新旧大陆市场上的金融业务呢！卡尔·穆尔与约翰·斯博加尔的后代竟然会是如此的命运！”上述的想法无疑只会出现在伊韦尔内的脑子里，还会有谁能在目前的情势下如此“开动脑筋”呢？他继续琢磨着：“真是可惜了这么好的森林布景了，居然无惊无险！”

突然，潘希纳站在那一动不动了。

跟在他后面的弗拉斯科兰也停下了脚步。

佐恩和伊韦尔内很快赶了上来。

“出了什么事？”第二小提琴手问道。

“我想……我看见了……”中提琴手回答。

这回他可不是在开玩笑，一个影子刚才确实在树木之间移动着。

“是人还是动物？”弗拉斯科兰询问道。

“我不知道。”

到底是人还是野兽？没有人能随便下结论。大家观察着，紧紧地靠在一起，一动不动，也没有人出声说话。

月光穿过云层的一角，照射在这片黑森林的树冠上，透过巨杉浓密的枝叶一直洒落到地面上。借助这些光亮，地面上方圆百步之内的东西都可以看得清楚。

潘希纳确实没有看走眼。他们看见的那个东西要比人大得多，唯一的可能就是一只身躯庞大的四足动物。究竟是哪一种四足动物呢？一只猛兽？肯定是一只猛兽。但又是哪一种猛兽呢？

“一只跖行兽！”伊韦尔内解释说。

“什么见鬼的动物？”佐恩压低声音却又不耐烦地嘟哝着，“说到动物，我看你倒有点像，伊韦尔内！难道你就不能说一些大家都能听得懂的话吗？这究竟是哪种动物，什么‘跖行兽’？”

“就是用脚掌走路的野兽！”潘希纳对他解释说。

“一头熊！”弗拉斯科兰说出了真正的答案。

确实是一头熊，而且是一头大熊。下加利福尼亚的森林中是碰不到狮子、老虎或豹子的，而熊却是这里的常客，和它们打交道往往结果都很不“愉快”。

此刻，四位巴黎人如此协调一致的行动是不会令人惊奇的，他们同时想到了给这头野兽让路。再说，这里本来就是人家的地盘。于是大家靠得更紧了，面对着这头熊，慢慢地向后退，脚步显得很稳，丝毫没有表露出想要逃跑的神态。

熊踱着小步跟着他们，挥舞着两只前掌仿佛在打着旗语，肥硕的屁股摇摆着，仿佛一个正在散步的轻佻的西班牙女郎。它一点一点地逼近，表现出了敌意——发出嘶哑的吼声，龇牙咧嘴的样子令人胆战心惊。

“我们一起逃跑怎么样，每个人朝不同的方向跑？”“殿下”提了个建议。

“绝对不可以！”弗拉斯科兰断然否定了他，“那样的话我们其中必然有一个人会被它抓住，这个人就要为其他三个牺牲性命了！”

幸亏这个卤莽的想法没有付诸行动，否则后果真是不堪设想。

“四重奏”就这样紧紧靠在一起，一步一步地挪动，最后来到了林中一块稍微亮些的空地边缘。熊距离他们更近了——只有十几步了。对于野兽来说这个场所是不是适合它发动攻击呢？情况很可能是这样，由于熊吼得更厉害了，而且还加快了脚步。四个人赶忙向后退，第二小提琴手更加急切地嘱咐大家说：

“朋友们，冷静！一定要冷静！”

大家走出了空地，再次躲到了树木中间。可是在这里危险并没有减少。熊在树木之间钻来钻去，随时可能扑过来，根本来不及防备。既然它停止了吼叫，放慢了步子，那么事实上它确实准备向四个人发起攻击了。

忽然，浓重的夜色中响起一阵震撼人心的音乐，这是一曲慢板节奏，将一位艺术家的心灵展现无遗。

原来是伊韦尔内！他从琴匣中取出小提琴，让小提琴在琴弦有力的抚弄下颤抖起来。多么天才的主意啊！为什么音乐家们不去求助于音乐呢？安菲翁的和谐琴声不是让岩石自动地堆砌在底比斯城周围了吗？凶猛的野兽不是被抒情的乐声所驯服，乖乖地匍匐在俄耳甫斯脚下吗？因此，应该相信这头加利福尼亚熊在它的祖先赋予的天性驱使下，也会像希腊神话中的同类一样表现出艺术的天分，由于此时它的野性消退了，取而代之的是对音乐的热爱。随着四重奏有秩序地后退，熊跟着他们，不时发出音乐迷的轻声叫喊，就差喊出“好！”了。

一刻钟之后，佐恩和同伴们到达了森林的边缘。他们走出了这片可怕的丛林，伊韦尔内仍旧在拉着小提琴。

熊停下来，似乎没有打算再往前走了，两只肥厚的熊掌相互拍打着。

这个时候，潘希纳也拿起了乐器，叫道：

“让我来拉上一段熊之舞，欢快一些的调子！”

然后，第一小提琴手用长调起劲地弹奏着这个熟悉的主题，而中提琴则以小中音不和谐的刺耳声调来配合他。

于是，熊开始舞蹈了，一会抬起右脚，一会抬起左脚，乱蹦乱跳，胡乱地扭动着身躯，任由四个人沿着大路走远。

“呸！”潘希纳忿忿不平地说，“只不过是一头马戏团里的熊。”

“那又怎么样？”弗拉斯科兰回应他说，“伊韦尔内这个鬼灵精竟想出来这么一个好主意！”

“快开溜吧！现在是‘小快板’！”大提琴接过话来，“千万别回头看！”

大约晚上九点钟的时候，四位阿波罗的门徒终于安全到达了弗莱夏尔。他们仍旧用那种轻快而有序的脚步快速走完这最后一段路程，尽管已经没有熊在后边追赶他们了。

一个栽种着山毛榉树的小广场，四周围绕着四十多座房子——准确地说是四十多座小木屋，这便是弗莱夏尔，距离海岸两英里的一个偏僻的村庄。

我们的艺术家在树木掩映下的几座住宅间静悄悄地穿行，来到了一个广场。从这里隐约可以看到远处一座简陋的礼拜堂的破旧钟楼。四个人围成了一个圈，似乎要即兴拉上一曲。他们在这个地方停下来，准备商量一下。

“这也算是一个村子？”潘希纳说。

“难道你还指望找到像费城或纽约那样的城市吗？”弗拉斯科兰反驳他。

“不过您的村庄已经睡着了！”佐恩耸了耸肩膀说。

“不要唤醒一个沉睡的村庄！”伊韦尔内满怀惆怅地说着，仿佛又在吟诵诗句。

“我看正相反，一定要唤醒它！”潘希纳喊了起来。

的确如此，除非采取这种方法，否则就要在露天里过夜了。

况且这是一个完全空旷的地方，四周寂静无声。没有一扇窗户是敞开的，没有一丝光亮。在这种万籁俱寂的地方，简直可以建造“睡美人”的宫殿了。

“咦？客栈在哪儿啊？”弗拉斯科兰问道。

是啊，车夫说的那家可以接待落难的旅客，为他们提供舒适住处的客栈在哪里呢？还有那个会马上派人去救助不幸车夫的客栈老板又在何处？难道可怜的车夫说的都是梦话吗？或者——另一种假设——佐恩和他的队伍迷路了？这里根本就不是弗莱夏尔？

各种各样的问题都需要立刻作出回答。看来有必要找一个当地人打听打听，那就得去敲其中一家的门了——最好是敲客栈的门，要靠好运气了。

四位音乐家开始在这黑暗的广场四周寻觅，在每一家的门前摸索着，试图找到挂在门口的招牌。但是最终他们连客栈的影子都没有发现。

尽管没有客栈，但并不见得就没有能够收留他们的地方。虽然得不到苏格兰式的盛情款待，还是可以按照美国的方式解决问题。只要每人肯出一个甚至两个美元，哪个弗莱夏尔人会拒绝为你提供一顿饭和一张床呢？

“让我们来敲门吧。”弗拉斯科兰说。

“按照节拍来敲，”潘希纳接过话来，“我看就打八分之六拍快点敲！”

即便他们按照速度更快的四分之三或四分之四拍敲，结果也会一样。没有一扇门或一扇窗户打开。而四重奏已经连续“拜访”了十二家，等待着屋里人的回答。

“看来我们搞错了，”伊韦尔内宣称，“这里不是一座村庄，而是一片墓地。在这里只要人一睡就永远也不会苏醒了。简直就是《旷野的呼喊》啊！”

“阿门！”“殿下”用唱诗班似的庄严声音附和着。

面对这种无法打破的死寂该做什么呢？继续朝圣地亚哥方向赶路吗？那大家会由于饥饿和疲劳而累趴在路上，事实就是如此。而且应该走哪条路？没有向导，四周是茫茫的黑夜。想办法到另一个村子去！哪一个呢？根据马车夫所言，在这片沿海地区除了弗莱夏尔就没有其他村庄了，那会更加迷失方向。最好还是等天亮再说！但是，在毫无遮蔽的地方过上六个小时，头上黑云压顶，随时都可能大雨倾盆，即使对于充满浪漫气息的艺术家来说这个想法也是不可取的。

潘希纳有了个主意。虽然他想出来的并不都是好主意，但是他的脑子转得确实很快。而这回他的想法得到了睿智的弗拉斯科兰的赞同。

“朋友们，”他说，“既然我们用来对付熊的办法奏效了，为什么不在这个加利福尼亚村庄身上试试呢？我们用一点点音乐就把那头熊驯服了，那就让我们用一段热烈的合奏来唤醒这些村民吧，不管节奏多强多快都行！”

“完全可以试试。”弗拉斯科兰表示同意。

佐恩甚至没有等潘希纳把话说完就从琴匣中取出了大提琴，在地面上支起钢架。由于没有座位，他就站着，手里拿着琴弓，准备着把储存在这个能发出响动的躯体中的所有声音都释放出来。

他的同伴也几乎同时做好了准备，跟随着他们的首领，将他们的艺术发挥到淋漓尽致的地步。

“翁斯洛的降 B 调四重奏，”他确定了曲目，“预备……起拍……开始！”

这首翁斯洛的四重奏他们都能倒背如流了。出色的演奏家不一定非要看清楚才能弹奏出美妙的乐曲，他们灵巧的手指在黑暗中照样能够在大提琴、小提琴和中提琴上熟练地拨弄琴弦。

四位演奏家此刻充满了灵感，演奏得十分投入。他们在美国的娱乐场和剧院中演出的时候，他们的才能和情感从来没有像现在这样发挥得如此彻底。整个村庄都充满了一种崇高的和谐之音，除非是聋子，否则谁能抵抗住它的吸引呢？即使被伊韦尔内说中，这里是一片墓地，这种音乐的魅力也会让坟墓微微开启，死者从棺材里站起来，就连骷髅也会为此鼓掌……

可是那些房子还是门窗紧闭，睡梦中的村民仍旧没有苏醒。乐曲在有力的旋律中结束了，而弗莱夏尔却依然没有任何醒来的迹象。

“啊？怎么会这样？”塞巴斯蒂安·佐恩极其愤怒地大声说，“得来点噪音了！难道这些野蛮人的耳朵和他们这个地方的熊一样吗？没办法！我们再来一遍，不过这次伊韦尔内，你拉 D 调；弗拉斯科兰，你来拉 E 调；而潘希纳，你拉 G 调。我来拉 B 调。现在，大家使劲拉！”

这首曲子是多么不协调啊！简直要把人的耳膜震破了！这不禁让人回想起由儒安维尔王子指挥的那支临时乐队，他们曾经在巴西一个不知名的村子里演奏的就是这种音乐！他们的演奏让人相信这是用“醋”牌提琴表演的一首可怕的交响乐，简直是把瓦格纳的曲子颠倒过来拉！

不过说到底，佐恩的主意还真不错。起初那段优美的演奏没能达到的效果却由后来这段乱七八糟的曲子完成了。弗莱夏尔开始苏醒了，一些玻璃窗中有了光亮，两三家的屋子里点上了灯。既然村庄里的居民有了动静，可见他们并不是死人。而他们能够听见乐曲，可见他们也不是聋子。

“他们会朝我们扔苹果！”潘希纳在演奏到一个停顿时发话了。虽然曲子并不完整，他还是严格遵守着节奏的要求。

“哦！那更好，我们就把苹果吃掉！”务实的弗拉斯科兰回应他说。

在佐恩的指挥下，演奏继续热烈地进行。此后，在由四个不同的调子所构成的强劲而完美的“和弦”中，四位艺术家结束了演奏。

不！向他们投来的并不是苹果，而是从二三十扇敞开的窗户中传出来的掌声与喝彩声：“啊！好！好啊！”弗莱夏尔人的耳朵从来没有享受到如此美妙绝伦的音乐！由此，不必怀疑这里的每家每户都将殷勤地接待这四位卓越的音乐家了！

但是，正当他们沉浸在演奏的狂热之中时，一位新来的听众朝他们走近了几步，甚至都没有让他们发觉。这个人从一辆电动车上下来，站在广场的一角。他身材高大，十分肥胖。这是在黑夜中最容易辨认出来的特征。

此刻，我们的巴黎人正琢磨着在窗户打开之后，各家的房门是否也将开启来迎接他们——对这一点至少还很不确定，而那位新来的听众已经走近他们，用纯正的法语对他们说话，语气是那么亲切：

"先生们，我本人是一个音乐迷，刚才有幸为你们的表演鼓掌……"

"为我们后一首曲子鼓掌吗？"潘希纳用讽刺的口吻回敬他说。

"不，先生们，为第一首鼓掌。我很少能够欣赏到将翁斯洛的这首曲子演奏得如此完美的！"

此人是一个音乐方面的行家，这一点毋庸置疑。

"先生，"佐恩代表他的同伴们回答说，"我们对您的赞美非常感激。如果我们的第二首曲子让您觉得刺耳，那是由于……"

"先生，"陌生人打断了这句可能会很长的句子，把话接了过来，"我从来没有听过以如此完美的技艺进行的这么混乱的演奏。不过我理解你们这么做的用意，就是为了唤醒弗莱夏尔那些善良的居民，然而现在他们又睡着了。好吧，诸位先生，你们出此下策想从他们那里得到的东西，请允许我来向你们提供吧。"

"您的意思是要招待我们吗？"弗拉斯科兰问道。

"是的，招待各位，而且是一种比苏格兰人更加盛情的款待。如果我没有弄错的话，站在我面前的正是在全美国鼎鼎有名的'四重奏'。对于你们，我们美国人是毫不吝啬热情的。"

"先生，"弗拉斯科兰感觉有必要说话了，"您过奖了。不过您所说的这种款待，我们能在哪里接受它呢？"

"就在离这两英里的地方。"

"在另一个村子里吗？"

"不，那是一座城市。"

“一座大城市吗?”

“当然。”

“对不起,”潘希纳插话进来,“可有人告诉我们说从这里到圣地亚哥之间没有任何城市了。”

“这是一个错误,但我还不知道该如何解释。”

“一个错误?”弗拉斯科兰重复着说。

“是的,先生们。如果你们愿意和我一起前往那里的话,我保证你们会受到与诸位高贵的艺术家身份相称的接待。”

“我同意去。”伊韦尔内说。

“我也同意!”潘希纳肯定地回答。

“等一下!等一下!”塞巴斯蒂安·佐恩喊了起来,“我们可不能抢在乐队指挥的前头!”

“这话是什么意思呢?”美国人问道。

“意思是说我们已有约定要去圣地亚哥了。”弗拉斯科兰回答。

“在圣地亚哥,”大提琴家补充道,“人们邀请我们举办一系列的日间音乐会。第一场将在星期日,也就是后天举行……”

“噢!”陌生人应了一声,口气中带有明显的不快。

随后,他说道:

“诸位,这倒不成问题,”他继续说,“一天时间足够你们参观一下这座值得一看的城市。之后我将负责把各位送到就近的车站,保证你们能按时到达圣地亚哥!”

说句实在话,这个邀请很诱人,也来得真是时候。它让四位音乐家确信能够在一个好旅馆里找到一间舒适的房间——更不用说这位殷勤的美国先生保证他们将受到的那种尊敬。

“诸位是否同意?”

“我们同意。”佐恩回答说,饥肠辘辘和疲惫不堪促使他乐意接受这种邀请。

“一言为定,”美国人说,“我们立刻出发,二十分钟后就到了,我相信到那时你们一定会感谢我的!”

显然,纷乱嘈杂的合奏所引起的最后几声喝彩之后,各家的窗户又都关上了，灯也熄灭了，弗莱夏尔村再次进入了沉沉的梦乡。

那个美国人与四位艺术家登上了电动车，并把他们的乐器放到了车上。他们自己则坐到了车厢的后面，美国人坐在了前面，靠近电动车的司机。司机拉动了操纵杆，蓄电池发动起来，电车晃动了一下，立即快速朝西驶去。

过了一刻钟，眼前出现了一大片微微发白的光，炫目的月光向四处放射着。那里就是我们的巴黎来客想都没有想到过的城市。

这时电动车停了下来。弗拉斯科兰说：

“我们终于到海边了。”

“海边？不，”美国人回答他说，“这只是我们将要渡过的一条河而已。”

“什么?”潘希纳问道。

“我们乘轮渡过去，连车子一块带过去。”

那里确实有一艘当时美国十分常见的轮渡船，车子和旅客都上了船。这艘轮渡船一定是用电作为动力，由于看不到喷出的蒸汽。仅仅用了两分钟，船便过了河，停泊在港口深处的一个码头上。

电动车又发动起来了，在一片田间小路上穿行。不一会儿工夫，就进到了一座花园里，高高架起的照明设备使整个花园灯火通明。

花园的栅栏那儿有一扇打开的门，通向一条又宽又长的石板路，车子在上面行驶时发出响声。五分钟之后，艺术家们在一座舒适的旅馆门前下了车。美国人对旅馆里的人说了一句话，艺术家们便受到了热情的接待。他们很快被领到一桌丰盛的宴席前，于是大家狼吞虎咽地大吃了起来，对这一点任何人都会相信。

就餐完毕，旅馆的领班把他们送到一个宽敞的房间里，白炽灯把屋子照得十分明亮，而那些开关又可以将白炽灯变成光线柔和的小夜灯。好了，还是把对这一切美妙之处的解释留给明天吧。他们在安放于房间四角的四张床上睡着了，并且以一种少有的和谐打起了呼噜，真不愧是著名的‘四重奏’啊！

三　一位口若悬河的导游

第二天早上七点的时候，四人合用的房间里传出了话语声，确切地说应该是模仿号角发出的响亮的呼喊，就如同军营里的起床号一样。

“快起来！喔！快点下床！按照二分之一拍子！”原来是潘希纳在大呼小叫。

四个人中伊韦尔内是最懒散的一个，他本想用四分之三，甚至四分之四的慢拍从他温暖的被窝里爬出来。但这回他不得不和伙伴们一样，快速地从平躺的姿势变成站立的姿势。

“我们一点时间都不可以浪费！一分钟都不行！”“殿下”催促着大家。

“是啊，”佐恩附和他说，“由于明天我们说什么都要赶到圣地亚哥。”

“好吧，”伊韦尔内无奈地回答，“反正半天时间足够参观一下我们可亲的美国朋友的城市了。”

“我还是觉得很奇怪，”弗拉斯科兰接过话来，“弗莱夏尔旁边居然有这么一个大城市！我们的马车夫怎么能忘了告诉我们呢？”

“那有什么关系？关键是我们能到这里来，我的高音老友，”潘希纳插话说，“而现在我们不就在这个城市里面吗？”

透过两扇宽大的窗户，灿烂的阳光照射进房间。往窗外望去，沿着一条修砌优美的林荫道，可以清楚地看到一英里以外的地方。

四个朋友在一间舒适的盥洗室里梳洗——真是又快又方便。这里的设计十分“精妙”，配备有最为现代化的设施：能够调节温度的冷热水龙头、自动放水的洗脸盆、热水浴盆、电熨斗、随时可以喷出香水的喷雾器、叶片式的电风扇，还有许多自动刷子，有的用来梳理头发，有的用来刷衣服或皮靴，而且又能刷又能打蜡。

还有，这里到处都安装了电铃和电话，方便客人随时与旅馆的各个部门联系，更不消说配备的钟表以及轻轻一按就能点亮的电灯了。

总之，在这座旅馆里，佐恩和他的伙伴们不仅可以和旅馆内的各个服务部门通话，还能够与城市里的任何地方取得联系，而且很有可能——这是潘希纳推测的——能够给全美国的任何一座城市打电话。

“说不定还可以跟整个世界通话呢！”伊韦尔内补充说。

不过暂时他们还没有时间来尝试一下。七点四十七分，电话铃响了起来，里面传来一句英语：

“卡利斯特斯·芒巴尔荣幸地向“四重奏”演奏家致以清晨的问候，并邀请各位在梳洗完毕之后，下楼到‘精益求精旅馆’的餐厅里，那里为各位准备了早餐。”

“精益求精！”伊韦尔内听到这里说，“这个旅馆的名字还真不赖！”

“卡利斯特斯·芒巴尔应该就是我们殷勤的美国朋友的名字，”潘希纳强调说，“他的名字棒极了！”

“朋友们，”大提琴家叫道，“肚子已经和它的主人一样着急了，既然早餐都摆在饭桌上了，那我们还等什么呢？吃完饭再……”

“吃完饭再到城里转一圈，”弗拉斯科兰接着佐恩说，“不过这座城市会是什么样了呢？”

此刻，我们的巴黎来客衣服都穿得差不多了，潘希纳在电话里回答说他们荣幸地接受卡利斯特斯·芒巴尔先生的邀请并将在五分钟内到餐厅里去。

于是，大家穿戴整齐，朝电梯走去。电梯开动了，把他们一直送到旅馆富丽堂皇的前厅。一直往里走，正是餐厅敞开的大门。这是一个金碧辉煌的宽敞大厅。

“为您效劳，悉听尊命！”

这句由八个字组成的话正是昨晚送他们来这里的那个人说的。他属于那种所谓“外向型”的人，让人觉得他和你早就认识了，或者更准确地说，就像他和你一直都认识一样！

卡利斯特斯·芒巴尔应该有五六十岁，但他看起来也就四十五岁的样子。他的身材比一般人高大，肚子微微有些发福，手脚显得粗大有力。他看起来充满活力，动作稳健。如果大家允许的话，真可以说是“生龙活虎”！

佐恩和他的同伴碰到过很多这样的人，在美国这种人并不少见。卡利斯特斯·芒巴尔的脑袋很大，像个大皮球，头发还保持着金黄色，略有些卷曲，在微风的吹拂下好似一堆树叶；他面色红润光泽，留着长长的暗黄色胡须，并且开始分岔，胡须尖向上翘起；嘴唇上的小胡子剃掉了，嘴角略微上翘，总带着笑容，尤其是那种讥讽的微笑；牙齿如象牙一般洁白光亮；鼻子尖有些粗大，鼻翅呼扇着，而整个鼻子则结实地安放在两颊间。鼻梁上有两条竖纹，上面架着一副眼镜，固定眼镜用的银线宛如蚕丝一样精细。镜片后是一双暗绿色的眼睛，灵活地眨着，目光炯炯像燃烧的炭火。头颅下面是公牛般健壮的脖子，双肩宽而有力，整个躯干端端正正地支撑在丰满多肉的臀部之上，两脚略微有些“外八字”。

卡利斯特斯·芒巴尔穿着一件宽大的烟草色斜纹上衣。左侧的口袋中露出带有花边的手帕的一角。白色马甲的领子呈明显的V字形，上面镶嵌着三枚金扣。两只口袋之间悬着一条沉甸甸的链子，链子的中间部分还挂着各种小巧的装饰品，身体晃起来的时候发出叮当的响声。此外肥厚而红润的手指戴着一串戒指。洁白的衬衫浆洗得挺拔光鲜，三颗钻石点缀其上。宽大的翻领下打着一条小得几乎看不出来的金褐色领带，显得很简洁。斜纹条绒裤子，裤线笔直；裤腿越向下越窄，一直垂到铝质鞋钩的短筒皮靴上。

说到这个美国佬的相貌，那可真算是表情丰富了，什么事情都可以写在脸上——这是那种信心十足的人的表情，也就是人们常说的“什么世面都见过”的人。看得出他肯定是一个善于应付各种情况的能人，而且精力充沛，这一点可以从他结实的肌肉、紧锁的双眉和收缩有力的咬肌得到印证。还有，他的笑声自然而爽朗，但总是鼻音比喉音明显得多，带着某种嘲讽的感觉，在生理学家看来这很像马嘶。

卡利斯特斯·芒巴尔就是如此一个人。当“四重奏”走进餐厅的时候，他举起头上那顶路易十三时代式样的宽边帽——只是缺少了装饰用的羽毛——向四位客人致意，和每一位握手，把他们领到一张桌子旁。桌子上放着热气腾腾的茶壶，传统的烤面包片发出阵阵诱人的香味。卡利斯特斯·芒巴尔不停地说着话，别人根本无法向他提问题——或许他这样做就是为了避免回答问题，炫耀着这座城市是如何的辉煌，创造这座城市就是一个非凡的壮举。他一个人滔滔不绝，直到这顿饭结束，他才以下面这句话作了结论：

“诸位，请跟随我来吧，但有一个建议……”

“什么建议?”弗拉斯科兰问道。

“绝对禁止在街道上吐痰。”

“我们没有这种习惯!”伊韦尔内有些不满地回答说。

“那很好！这样你们就不会被罚款了!”

“不准吐痰？这可是在美国!”潘希纳嘟囔着，语气中夹杂着惊奇和怀疑。

很难找到一个比卡利斯特斯·芒巴尔还要完美的向导兼导游了。对于这座城市，他可以说是了如指掌。没有一家旅馆的老板他叫不出名字，没有一座房子他不知道里面住的是谁，而路上遇到的每一个行人都会向他表示亲切的问候。

城市的建筑布局井然有序。无论大道还是小路，都是笔直交叉，如同国际象棋的棋盘。每条街道的人行路上都设有游廊。每个建筑单元都与实测平面图中的形态完全一样。尽管城市规划整齐，但又不缺少变化。住宅建筑的外在风格与内在设计都没有固定的法则，完全依据建筑师们的想象力。除了几条商业大街之外，这些住宅显露出的都是一种宫殿式的皇家气派，前庭的两侧尽是优美的亭子。建筑物的正面布局十分讲究，房间内的豪华在屋外都能感觉得出来。位于主建筑后面的花园居然和公园一样大。不过有一点必须说明：那些树木应该是刚刚栽种的，还没有达到枝繁叶茂的程度。城里主干道交汇处的广场街心花园的情况也是如此，那里新铺下的英国草坪中栽种着温带与热带的植物，它们还没有从土壤中汲取足够的能量来展现自己的魅力。美国西部加利福尼亚州各大城市周边尽是高大茂密的森林，而这里的自然特点与其形成了强烈的反差。

“四重奏”一边往前走，一边欣赏着这座城市，而每个人的欣赏角度却不尽相同：吸引伊韦尔内的地方却不能引起弗拉斯科兰的注意，佐恩感兴趣的东西在潘希纳眼里却没什么价值——但是，所有人都对笼罩着这座陌生城市的神秘感到非常好奇。由于各自的观察角度不同，最后集体发现的东西就可以非常全面了。另外，可别忘了卡利斯特斯·芒巴尔先生也在场呢！他对任何疑问都对答如流。其实需要他作出回答吗？他根本就不会等着人家提问的。事实上，他一直在说话，不停地讲解着，只能任由他了。他的两片嘴唇仿佛是一个风车，稍微有点风就转个不停。

离开“精益求精旅馆”一刻钟以后，卡利斯特斯·芒巴尔说：

“我们现在正位于第三大街，这种街道在本城里有三十多条。这一条的商业最为发达。它是我们的百老汇，我们的摄政王大街，我们的意大利人大道！在这里的商店和市场里，既可以买到奢侈品，也可以买到日用品，能够满足最舒适最现代化的生活的一切要求！”

“确实有一些商店，”潘希纳赶紧插话说，“可里面怎么没有顾客呢？”

“或许是由于现在天还太早吧？”伊韦尔内接着他说。

“这是由于大部分的人买东西都是通过电话或传字机订货。”卡利斯特斯·芒巴尔回答。

“什么叫传字机订货？”弗拉斯科兰显得很疑惑。

“哦，我来解释一下。我们这里普遍使用的传字机是一种能够把文字迅速传递出去的精密机器，就好比电话能传递声音，电影机能把动作录制下来。留声机是给耳朵听的，而这种机器是给眼睛看的，它能再现出图像来。这种传字机要比普通的电报可靠得多。在电报上冒名顶替，在签名上做手脚太容易了。而传字机是用电流来为委托书或汇票签名的……”

“甚至还包括结婚证书？”潘希纳调侃起来。

“正是如此，中提琴先生。为什么不能利用电流来举行婚礼呢？”

“那离婚呢？”

“离婚？恰恰是这种机器用途最广的地方！”

说到这，“导游”哈哈大笑起来，马甲上的装饰品颤动着直响。

“您是个爱说笑的人，芒巴尔先生。”潘希纳也随着美国人笑了起来。

“我确实是这样的人，就像阳光下飞翔的金丝雀！”

他们这时候走到了一条横向的大道跟前。这是第十九大街，此处没有什么商业活动。这里也交错着许多有轨电车线路，车辆飞快地行驶，却没有扬起一粒灰尘，由于路面上铺了用澳大利亚的卡利树与詹拉夫树制成的防腐层（不知道为什么没有使用巴西的桃花心木）。路面十分干净，仿佛用锯木屑擦过一样。对物理现象一直都十分关注的弗拉斯科兰此时发现脚踩着这种路面会发出声响，就仿佛走在金属板上似的。

“这些筑路的铁匠可真了不起!”他自言自语地说，“他们现在竟然能用钢板铺路了!”

当他正要向芒巴尔问个究竟的时候，“导游”忽然对他们大声说道：

“诸位，请看这座府邸!”

他的手指向了一座雄伟宏大的建筑，建筑物正面突出的部分环绕在一个前庭周围，前排是一道铝质的栅栏将整个建筑与外界隔开。

“这座府邸——可以说是一座宫殿——是本城最著名的家族之一的产业。它的主人名字叫杰姆·坦克登，伊利诺伊州那些开采不尽的油田都归他所有。他很可能是本城的首富了，因而也是这里最令人尊敬和最受到尊敬的人。”

“那他得有几百万了?”佐恩试探着问道。

“啊?”芒巴尔显得不理解，“百万对于我们这里的人来说相当于平常的一美元。这里都是按照亿来计算的!住在本城中的都是一些巨富。商业区里的那些买卖人能够在短短几年中就发了大财，原因正在于此。注意，我所说的买卖人指的是零售商，由于在我们这个世界上独一无二的小天地中是没有批发商的。”

“那有没有工业家?”潘希纳问题还真不少。

“没有工业家!”

“船主呢?”弗拉斯科兰也来了兴趣。

“更没有了。”

“那这里都是靠年金生活的人了?”佐恩也加入了进来。

“完全正确，这里都是有年金收入的人，或是正在积攒年金的生意人。”

“那么……有没有工人呢?”伊韦尔内也来发问了。

“当需要工人干活的时候，我们就从外面雇一些回来。活一干完，就把他们送回原处……当然还附带着大笔的工钱!”

“您瞧，芒巴尔先生，”弗拉斯科兰依然兴致不减，“您这里好歹也应该有几个穷人吧？即便是为了不让他们绝种……”

“穷人？第二小提琴先生，您说的是穷人吗？恐怕在本城您一个也碰不到！”

“就是说这里禁止乞讨吗……”

“从来不必禁止乞讨，由于乞丐根本进不来。乞丐对于美国的城市倒也不错，既然那里有收容所、避难所、济贫院……还有感化院。”

“那您确信这里没有监狱吗？”

“我们这里连犯人都没有。”

“但是罪犯可能有吧？”

“他们都被请求留在新旧两个大陆那里了，他们的天分在那里有更好发挥的机会。”

“嘿！芒巴尔先生，”轮到佐恩说话了，“根据您所说的，难道我们现在不在美国了吗？”

“大提琴先生，昨天您还在美国。”总是让人惊奇的导游回答道。

“昨天？”弗拉斯科兰寻思着这句奇怪的话的意思。

“的确是这样！今天，你们所在的是一座独立的城市，一座自由的城市。美利坚合众国无权管辖本城，这座城市只属于它自己。”

“那它叫什么名字？”佐恩继续问道，他的急性子又要发作了。

“名字？很抱歉，现在还不能告诉诸位。”

“我们什么时候能知道？”

“当诸位结束这次参观的时候便会知晓，而本城对于诸位的来访将会感到十分荣幸。”

美国人对此有所保留的态度多少有些奇怪。不过，这也没什么关系。中午之前，“四重奏”将结束这次奇异的旅行。等到要离开的时候一定会知道它的名字了，难道不是这样吗？只是有一点让人不解：这座城市占据着加利福尼亚沿海如此大的一块地方，怎么会不属于美利坚合众国领土呢？换句话说，如何解释那个车夫没有向他们提起这座城市呢？无论怎样，即使芒巴尔到时不愿意告诉他们，二十四小时以后，演奏家们将抵达圣地亚哥，那里会有人为他们解开这个谜团。

这个怪人又开始不住嘴地描绘起来，丝毫没有让人看出来他其实不想回答四位法国人最关心的问题。

“诸位先生，”他说，“我们现在正位于第三十七大街的入口处。请欣赏一下这里的美景吧！这个街区没有商店，没有市场，更没有任何商业活动的迹象。这里有的只是别致的旅馆和住宅，但住在里面的人没有第十九大街的富有。这里的住户的年金收人大概是一千万到一千二百万……”

“那得说是穷人了！”潘希纳抢话说，嘴都撇了起来。

“唉！中提琴先生，”卡利斯特斯·芒巴尔对他说，“如果与阔人比较，谁都可能是穷人！与只有十万法郎的人相比，百万富翁就是富人！但如果同拥有一亿法郎的人比起来，那他就只能算是穷人了！”

我们的艺术家已经不止一次地注意到，他们的导游用得最多的一个字眼就是“百万”——这是一个多么具有威力的词啊！当他说这个词的时候，他的腮帮子都鼓了起来，嘴里发出金属般的清脆声音。简直可以说只要他一张口，就有钱掉出来似的。即使从他嘴里吐出来的不是钻石——像仙女嘴里会吐出珍珠和绿宝石一样——那掉出来的也是金币。

佐恩、潘希纳、弗拉斯科兰和伊韦尔内一直在这座奇特的城市中游荡，但对于它的名字仍然无从知晓。街道上的人流熙熙攘攘，穿戴都很体面，看不到一个衣衫褴褛的穷人。到处都有电车和电动载货车。某些主干道上还配备了活动人行道，由一条漫无尽头的链条带动运转。人们在上面如同行走在行驶中的火车上。

路上行驶的还有电动轿车，好似在平滑的台球桌面上滚动。至于车马——根据这个词真正的含义——也就是那些由马匹拉动的车辆，只有在富裕的街区才能见到。

“啊！一座教堂！”弗拉斯科兰兴奋地说。

他用手指着一座结构雄伟的建筑，位于一片青翠的草坪中央。外观上看不出属于何种建筑风格，样子倒真有点像萨瓦省特产的馅饼。

“这是新教教堂。”芒巴尔在教堂前停了下来，为大家介绍道。

“城里还有天主教教堂吗？”伊韦尔内好奇地问道。

“是的，先生。此外，我必须得向你们说明：尽管大约有上千种宗教在世界各地传播，但我们这里只有天主教和新教。这里与美国的不同之处在于，虽然美国联邦的各个州在政治上没有分裂，但宗教方面却是五花八门，教派与居民家庭的数量一样多，有卫理公会、圣公会、长老会、再浸礼教派、美以美会……而在我们这里只有忠于加尔文教义的新教徒与听命于罗马教廷的天主教徒。”

“那这里说哪一种语言呢？”

“英语和法语使用得都很多。”

“这值得庆贺啊！”潘希纳高兴了。

“全城分为两个部分，”芒巴尔接着说，“两个部分几乎一样大。我们现在是处于……”

“我想是西区吧……”弗拉斯科兰朝向太阳的方位观察之后作出了判断。

“西区？如果您愿意这么称呼……”

“怎么？如果我愿意？”第二小提琴手满脸疑惑，对于这个回答感到很诧异，“难道这里的方位可以根据每个人的意愿来确定吗？”

“是啊……哦，不……”，芒巴尔有些迟疑了，“这以后再向诸位解释吧。我还是来说说我们所在的这个部分——西区，既然你们愿意这么称呼它。这里住的都是新教徒，都是老住户了。他们是讲求实际的人，和其他地方的新教徒一样。而天主教徒则更为理性和文雅，他们生活在——东区。因此这是一座新教教堂。”

“外表上看确实很像，”伊韦尔内表示赞同，“在它笨重的建筑内部做祈祷不可能与上天接近，只能往地底下去了……”

“说得太妙了！”潘希纳夸奖他说，“芒巴尔先生，在这么一座如此自动化的现代城市中，大概连诵经或弥撒都是用电话来做的吧？”

“一点不假。”

“忏悔也是吗？”

“就像人们可以通过传字机签署结婚证书一样。对这种做法，您一定会赞同的，由于太方便了！”

“真是难以置信，芒巴尔先生，”潘希纳重复着说，“难以置信！”

四　被蒙在鼓里的四重协奏组

十一点了，经过这一段漫长的游览，此时感到饥饿是理所当然的事情了。我们的艺术家对此也毫不遮掩，他们的肚子一块儿叫了起来，叫嚷着无论如何都要吃午饭了。

卡利斯特斯·芒巴尔也有同感，他并不比客人们更能抵抗饥饿，也必须要吃点东西来恢复体力了。要回“精益求精旅馆”吃饭吗？

的确如此，由于城里的饭店并不多，原因可能是这里的居民更愿意待在自己家里享用美味，而从外面来此地参观的游客本来就不多。

几分钟后，有轨电车把这几位饥肠辘辘的人送回了旅馆。摆在他们面前的是一桌子丰盛的菜肴。饭菜的式样与美国式的饮食区别十分明显，后者尽管菜式种类繁多，但仍旧无法尽如人意。而这顿饭却有质量上乘的牛羊肉、鲜嫩美味的家禽和新鲜诱人的活鱼。另外，这里没有一般美国饭店里提供的冰水，取而代之的是各类啤酒，以及在法兰西的阳光下酿造出来的梅多克与勃艮第的十年美酒。

潘希纳和弗拉斯科兰津津有味地享用着这顿美餐，至少不比佐恩和伊韦尔内“客气”。自然是芒巴尔坚持请客，他们要是不接受未免有些说不过去。

美国佬多话的习惯没有一丝改变。他的情绪越来越好，把城里情况详详细细地介绍给大家，但对于客人们最关心的问题——这个独立的城市究竟叫什么名字——却依旧讳莫如深。稍微多一点耐心吧，等这次探险结束的时候他自然会告诉大家。美国人是不是想用佳肴和美酒把四重奏弄得晕晕乎乎而错过去圣地亚哥的火车呢？按道理说应该不会吧。大家在狼吞虎咽之后，又开怀畅饮了一番，甚至连点心都快吃完了。正当他们要品茶、喝咖啡和甜酒的时候，突然之间传来一声巨响，震得旅馆的玻璃橱窗直发颤。

“出什么事了?”伊韦尔内吓得跳了起来。

“先生们，别担心，”芒巴尔马上安慰他们，“这是天文台的炮声。”

“如果它仅仅是在正午时响起的话，”弗拉斯科兰看了一下手表说，“我可以肯定它响晚了。”

“不会晚的，中提琴先生！这里的太阳并不比别处的太阳转得慢!”

说这话的时候，美国人露出一丝古怪的微笑，夹鼻眼镜后目光闪烁，两只手不停地搓着。可以看得出这个小小的“恶作剧”令他感到非常高兴。

弗拉斯科兰比他的三个同伴要清醒些，没有完全陶醉在丰盛的宴席里。他有些怀疑地望着美国人，但并不知道究竟是怎么一回事。

“好了，朋友们！请允许我使用这种亲密的称呼，”芒巴尔用最为可爱的口气继续说，“现在我们要去参观城市的另一部分了。即使只有一点点细节错过了，我都会非常遗憾的！我们的时间紧迫，立刻出发吧!”

“去圣地亚哥的火车几点发车?”佐恩一直惦记着这件事，生怕耽误了他们的演出。

“是啊，几点钟开车啊?”弗拉斯科兰也很关心，又问了一遍。

“噢！晚上才开呢，”芒巴尔回答说，左眼眨了一下，“客人们，跟我来吧！我来做你们的向导，保证不会令大家失望!”

面对如此热情的一个人，怎么可能拒绝呢？四位艺术家离开了“精益求精旅馆”的餐厅，顺着马路悠闲地蹓跶。事实上，他们确实有点喝多了，感觉腿有些软，脚踩在地面上时有点支撑不住了。尽管他们并没有在活动人行道上走，却有种飘飘然的感觉。

“嘿！嘿！都站稳了！来一杯沙蒂永酒!”“殿下”喊着，打了一个趔趄。

“我觉得我们有点醉了!”伊韦尔内用手擦了一下额头说。

“没关系，巴黎来的先生们，”美国人见此情景赶紧打圆场，“下不为例！为诸位接风洗尘怎么做都是应该的啊!”

“可我们把‘洗尘’用的‘喷水壶’都喝光了!”潘希纳对美国人的

盛情早已接受了，他的心情从来都没有现在这么好过。

在芒巴尔的带领下，大家走上了通向城市另一部分的一条马路上。这里的气氛与刚才完全两样，少了些严肃与拘谨的感觉，使人以为突然从美国北方来到了南方，从芝加哥一下子到了新奥尔良，从伊利诺斯州一步跨到了路易斯安那州。这里的商店顾客盈门，房屋建造得更加优美而富于幻想，住宅显得更为舒适，旅馆则与新教徒区一样豪华，但风格更加明快。居民的神态、步伐和举止完全不同。这使人想到了某些成对的相互环绕的星球，但不同的是这座城市的两个部分不是互相围绕转动，而是并列存在的。

快到这一区中心的时候，大家在靠近第十五大街的中间地段停下了。伊韦尔内惊讶地嚷了起来：

“我的天啊！这里有一座王宫……”

“这是科夫莱家族的宫殿，”芒巴尔向他解释说，“科夫莱家族的名气与杰姆·坦克登家族一样大……”

“比坦克登还要富有？”潘希纳问道。

“不相上下，”美国人回答说，“科夫莱曾经是新奥尔良的银行家。如果以‘亿’为单位计算的话，他的财产数目比他两只手上的指头个数还要多！”

“那可是一副多么漂亮的‘手套’啊！我亲爱的芒巴尔先生。”

“您说得一点没错！”

“那么这两位大人物，就是杰姆·坦克登和纳特·科夫莱，他们是敌人吗？一般情况都是这样……”

“至少也是竞争对手，谁都想在本城的事务中占据上风，而且他们互相嫉妒。”

“最后的结果是双方拼个你死我活？”佐恩推测道。

“或许吧……如果一个把另一个吞并了……”

“那可要消化不良了！”“殿下”接过话茬。

芒巴尔觉得潘希纳的比喻十分有趣，不禁大笑起来，笑得连肚皮都颤动了起来。

天主教堂坐落在一个大广场的中央，以此方便人们领略它宏伟的气势。这是一座哥特式风格的教堂，欣赏这种风格的建筑不需要退后很远，由于那垂直的线条正是其美妙所在。从远处看反而无法欣赏到这一特点。这座圣玛利亚教堂值得人们赞许的地方在于它轻巧的尖顶、纤细的圆花窗、宛若熊熊火焰的穹顶和优雅的双扇对合窗户。

“真是盎格鲁——撒克逊哥特式建筑的杰作！”建筑学爱好者伊韦尔内不禁发出赞叹。“芒巴尔先生，您说的很有道理。这座城市两个部分之间的区别，就如同新教教堂与天主教堂之间的区别，双方没有一点相似的地方！”

“可是，伊韦尔内先生，这两个部分都是同一个‘母亲’的孩子啊。”

“不过……它们不是同一个父亲吧？”潘希纳半开玩笑地问道。

“不，是同一个父亲，各位非凡的朋友！只是它们各自成长的方式不同，但都是为那些来此寻求安静、愉快和无忧无虑的生活的人们准备的。无论是旧大陆还是新大陆，都不可能找到能和本城相媲美的地方了！”

“上帝啊！”伊韦尔内说，“芒巴尔先生，您当心别再刺激我们的好奇心了！您就仿佛在演唱一首歌，但唱了半天却不让我们知道它的主题……”

“再这么唱下去会让人厌烦的！”急性子的佐恩添了一句。“好吧，我看现在是把城市的名字告诉我们的时候了吧？”

“还不到时候，我亲爱的贵宾，”美国人扶了一下鼻梁上的金丝边眼镜，“请耐心等到参观结束的时候吧，现在让我们继续……”

“等一等，”弗拉斯科兰在好奇中夹杂着某种担忧，“我来提个建议。”

“什么建议？”

“我们何不登上圣玛利亚教堂的钟楼，那里可以看到……”

“不行！”芒巴尔几乎叫出了声，直摇着头发蓬松的大脑袋，“现在还不行……一会再说吧……”

“到底要等到什么时候？”大提琴手质问他。由于美国人的闪烁其辞，他开始要发火了。

“等到我们参观结束，佐恩先生。”

“那就是说我们还要回到这座教堂来吗？”

“不，我们的朋友们。我们最后将会参观天文台，那里的塔楼比圣玛利亚教堂的尖顶还要高出三分之一。”

“可是为什么要等到最后呢？难道现在不行吗？”弗拉斯科兰坚持着。

“原因就是……如果那样就达不到我预期的效果了！”

从这个谜一般的人物嘴里恐怕得不到别的答案了。

最好还是听从他的安排吧。大家细致地游遍了这一部分的所有大街。然后，大家参观商业区，那里有裁缝店、鞋店、帽店、肉铺、食品杂货铺、面包店、水果店等等。卡利斯特斯·芒巴尔碰到的大部分人都和他打招呼，而他则十分得意地向别人回礼。他不停地吹嘘着，就仿佛一个说书人一样滔滔不决，舌头仿佛节日里的钟锤响个不停。

快到下午两点钟的时候，“四重奏”来到了城市边缘的一角。这里有一排精致的栅栏，并且栽种着鲜花和藤蔓。栅栏外是一望无际的田野，远方蜿蜒的地平线与天际相连。

到了这个地方，弗拉斯科兰心里有了盘算，但却不能对伙伴们说。所有这一切疑问大概都要在登上天文台的塔顶时才能得到答案。他注意到既然现在是下午两点，按照规律太阳应该在西南方向，但这里太阳却在东南方向。

这种事情肯定会引起像弗拉斯科兰这么细心的人的注意，他开始像拉伯雷形容的那样“绞尽脑汁”地琢磨着。此时，芒巴尔似乎改主意了，大声地说：

“先生们，电车将在几分钟后开动。我们坐上车去港口……”

“港口？”佐恩不解地问道。

“对！最多也就一英里的路程——这样中途可以欣赏我们的公园了！”

如果有港口，那么它的位置一定是在下加利福尼亚海岸城市的北部或南部。问题是如果它在这条海岸线的某一个点上，那它的确切位置究竟在哪里呢？

四位艺术家略微有些吃惊，但还是登上了一辆豪华电车，那里已经有好几个乘客了。他们都和芒巴尔握手——这个鬼灵精般的人名气还真大！此时，电车发动起来，飞快地向前驶去。

“公园，”芒巴尔用这个称呼的确很恰当，那是一片环绕城市的田野，小路望不到头，草地青翠欲滴，笔直或曲折的栅栏上涂着鲜艳的色彩，英语中称之为“篱笆”。防护林的四周是低矮的丛林，栽种着橡树、枫树、山毛榉、栗树、朴树、榆树、雪松等。这些树还只是一些幼木。丛林中上千种鸟在欢快地鸣叫，使整片丛林充满了生机。这是一座真正的英国式花园，园中泉水潺潺，花团锦簇，散发着春天的清香。种植的各色花木包括：蒙特卡洛出产的巨型天竺葵、橙树、柠檬树、橄榄树、夹竹桃、乳香黄连木、芦荟、茶花、大丽花、亚历山大的白玫瑰、绣球花、白色和粉色的莲花、南美洲的西番莲，还有大量的倒挂金钟、鼠尾草、秋海棠、风信子、郁金香、藏红花、水仙花、秋牡丹、波斯毛茛、鸢尾花、樱草、兰花、蒲包草、乔木状的蕨类等等。此外，这里还能看到热带地区特有的物种：美人蕉、棕榈树、椰枣树、无花果树、桉树、含羞草、香蕉树、番石榴树、加拉巴士木、椰子树……总之，这里对于植物爱好者来说简直就是一个天堂。

伊韦尔内一向推崇古代的诗文，此时他一定感觉置身于小说《阿斯特蕾》田园牧歌般的景致之中。事实的确如此，如果这片翠绿的牧场上停留着羊群，如果篱笆中淡红棕色的奶牛在悠闲地吃草，如果黄鹿、母鹿以及其他森林中体态优雅的四脚动物在林间穿梭，那么他们就是于尔菲笔下的“牧羊人”了，而遗憾的是迷人的牧羊女却没有出现。至于那条利尼翁河，这里有的是一条蜿蜒河，清澈的河水在起伏的冈峦间流淌不息。

不过，这一切仿佛都是人工制造出来的，这倒成了潘希纳嘲笑的对象：

“啊！那里！这就是你们造出来的河吗?”

芒巴尔回应他：

“河？那有什么用处呢?”

“当然是为了有水呗!”

“水？你是说那种肮脏、被细菌污染，而且能够传染伤寒病的水吗?”

“正是，但是可以对它进行净化处理……”

“为什么要这么费劲呢？既然我们有能力轻而易举地制造出清洁的、剔除了所有杂质的水，甚至可以根据需要制造出汽水或含有铁质的水……”

“你们的水是自己造出来的？”弗拉斯科兰问道。

“当然喽！我们为各个家庭提供冷热水，就像我们所提供的光、声、时间、冷、热、动力、防腐剂和自动发电机一样……”

“那就是说，”伊韦尔内插话道，“你们还制造了雨来灌溉草地和花木吗？”

“正如您说的那样，先生。”美国人回答道，边说边捻着胡须，手指上戴着的宝石闪闪发光。

“下雨都可以预订！”佐恩大声说。

“是的，朋友们。我们通过埋在地下的装置来控制规律性的降雨，操作起来很方便，雨量又恰到好处。这难道不比依靠喜怒无常的老天爷下雨要好吗？那样不是下得太多涝了，就是下得太少旱了……”

“我得打断您一下，芒巴尔先生，”弗拉斯科兰说，“就算您能够随心所欲地下雨吧！但是你们能够阻止自然界的降雨吗？”

“自然降雨？那是什么雨啊？”

“自然降雨，换句话说，就是云层涌动，大气气流变化产生的台风、飓风、狂风、阵风、龙卷风……这就是所谓的‘恶劣天气’，例如……”

“恶劣天气？”芒巴尔重复着说，满脸都是疑惑的表情。

“是的，比如说冬天……”

“冬天？这是什么意思？”

“我跟您说的是‘冬天’，就是霜冻、下雪、结冰！”佐恩大叫道，美国佬这种嘲弄般的回答让他发火了。

“我们这里的人没听说过这些！”芒巴尔的回答却十分平静。

四位巴黎人面面相觑。站在他们面前的不是一个疯子，就是一个故弄玄虚的家伙。如果是疯子，就得把他关到疯人院去；如果是后一种情形，真应该把他痛打一顿。

电车在漂亮的花园中间匀速地行驶着。佐恩和伙伴们隐约地望见这个辽阔的公园外面还有几处精耕细作的田地，呈现出各种色彩，仿佛过去裁缝店门口挂着的招牌布片似的。这大概是一些菜地，种植的是土豆、白菜、胡萝卜、萝卜、葱等蔬菜，反正用来烹调美味肉汤的各种材料这里都应有尽有。

然而，他们更想到田野中去亲身体验一下，看看这块奇特的土地中是否还出产小麦、燕麦、玉米、大麦、黑麦、荞麦、裸麦以及其他的作物。

但是，随之出现的却是一座工厂，高耸的金属烟囱下是一排低矮的玻璃屋顶的房子。这些用钢架支撑的烟囱就像在海中行驶的轮船，一艘装配着十万马力强大发动机的大东方号客轮。不同的是这些烟囱冒出来的不是黑烟，而仅仅是几缕轻烟，其中的烟灰对空气没有一点点污染。

这座工厂的面积有一万码，约合一公顷。这是“四重奏”在美国人带领下，进入这个城市“游览”——请允许我们使用这个词语——所见到的第一座工业建筑。

“啊！这是什么建筑呢?”潘希纳想问个明白。

“这是座工厂，配备有石油蒸馏设备。”芒巴尔向他解释，犀利的目光从镜片后射出。

“这座工厂制造什么呢?”

“供应给全城使用的电能，包括城市、公园、田野，为它们提供动力和照明。另外，我们的电报机、电话机、传字机、电铃、电炉、各种机器设备、弧光灯、白炽灯、铝质月亮、海底电缆等等，这些都是依靠它的能量来运转。”

“你们还有海底电缆?”弗拉斯科兰感到非常意外。

“是的！我们的海底电缆连接着本城与美国沿海的所有地方。”

“建这么大的一座工厂有必要吗?”

“我认为非常必要。我们需要消耗那么多的电……还包括精神上消耗的能量！”芒巴尔斩钉截铁地回答，“先生们，请相信建立这么一座世界上独一无二的城市，必须有难以计量的电力！”

此时，从巨型工厂里传来阵阵轰鸣声，冒出的蒸汽咆哮着，机器在起劲地转动，回声从地面传到了空中，这一切都证明这里的机械能力超过当时任何的现代工业。真是无法想象推动这里的发电机和为蓄电池充电需要多大的电力能量啊！

电车从这儿经过，往前走了四分之一英里之后，在港口的车站停了下来。

乘客们下了车，而他们的导游始终在滔滔不绝地夸耀着自己的城市，带领着旅游者沿着通向仓库和船坞的码头散步。港口呈椭圆形，足以容纳十多条船只，但再多就装不下了。与其说是一个港口，还不如说只是一个船坞而已。港口的尽头是用两道铁板筑成的防波堤，可以算是码头，上面有两盏灯为靠岸的船舶照明。

今天这里只停泊了六艘船，有些是运输石油的油轮，有些则运来了日常用品等货物。另外，还有电力推动的小船，那是用于海上捕鱼的渔船。

弗拉斯科兰注意到海港的入口朝着北方，因此他判断这个港口应该在下加利福尼亚的太平洋沿海突出部分靠北的某一个地方。他还确信这里有强大的洋流向东流淌，由于它正冲击着码头的两侧，如同冲击航行的船只的侧舷一样。如此一来，可以断定此时正在涨潮，尽管美国西部沿海的潮水并不太大。

“我们昨天晚上乘坐轮渡通过的那条河在哪儿啊?”弗拉斯科兰问道。

“在我们的后面。”美国佬简单地回答。

但是不应该磨蹭了，由于他们还要赶回城里去乘坐开往圣地亚哥的夜车。

佐恩提醒芒巴尔，后者回答说：

“亲爱的朋友们，什么都不必担心。我们来得及……在海岸转一圈之后，电车将会把我们送回城里去。你们不是特别想领略一下本城的全貌吗？一个小时之内，你们将站在天文台高塔的顶端了！”

“您能向我们保证吗?”大提琴家坚持着。

“我保证明天日出的时候，你们肯定不会在此刻这个地方了！”

尽管这个回答含含糊糊，但也不得不接受。另外，弗拉斯科兰的好奇心比他的同伴们更强烈，恨不得立刻就登上天文台去看个究竟，由于美国人向他们保证从那里可以看到至少方圆一百英里的地方。如果那时还无法弄清楚这座奇异的城市到底位于何处，那么就只能放弃寻根究底的念头。

船坞的里面有另一条沿着海岸修建的电车轨道。此处停着的电车有六节车厢，车上已经坐着许多乘客了。电车依靠一辆电力机车牵引，配备有一台两百伏特的蓄电池。电车的行驶速度可以达到每小时十五到十八公里。

芒巴尔请他们上车，电车似乎就是在等四位巴黎人上来之后才能开动！

他们在车上看到的田野同在城市与港口之间所看到的公园没有多大区别。路面是一样的平整，只是绿色的牧场和只种蔬菜而不种粮食的田地代替了原来的草坪。这时下起了人工雨，雨水通过地下的装置喷出，然后均匀地落到整齐的矩形菜地上。

老天爷可不会把雨下得如此均匀，雨量也不可能像经数学计算出来的那么精确。

电车轨道沿着海岸延伸，在大海与田野之间穿过。电车行进了大约四五英里后在一座炮台前停了下来。炮台中安放着十二门大口径火炮，入口处刻着“船舻炮台”几个大字。

“这些大炮都装了炮弹，但从来没有发射出去过……和古老欧洲的许多武器一样！”芒巴尔讲解说。

炮台附近的海岸轮廓很明显，突出的部分非常尖，形成一个海岬，仿佛尖尖的船头，或是装甲舰的冲锋角。海水拍打着海岸，然后从两侧分开，泛起阵阵白沫。这可能是由潮水引起的现象，由于此时汹涌的海浪已经减弱为宽阔舒展的波涛，势力随着日落而削弱。

又有一条铁路从这里出发，通向城市的中心，而原来那条铁路仍然顺着蜿蜒的海岸继续延伸。

芒巴尔领着客人们换了车，向他们宣布将直接返回城市的中心。参观的行程差不多要结束了。芒巴尔掏出怀表看了看。这是一块日内瓦产的名贵西芳表，一只会说话的表，即所谓“留声表”。只要按一下表上的按钮，它就会清晰地报时：四点十三分。

“您没有忘记我们还得登上天文台吧？”弗拉斯科兰提醒他说。

“忘记？我亲爱的老朋友！我宁愿把自己的名字忘记了也不会忘了这事儿！虽然我的名字在这里还小有名气。再走四英里，我们就将到达那座无与伦比的建筑面前了。它的位置在第一大街的尽头，那里是城市两个部分的交界点。”

电车开动了。外面的田野里一直在下着午后雨——美国人这样称呼它，大家又看到了那座被栅栏围起的公园以及草地、花坛和树木。

四点半的钟声响起了。一个四方塔楼的顶端悬挂的巨型大钟的指针正好指向这个时刻。这座大钟和伦敦国会大厦的那座大钟还真像。

方塔底下便是由多个建筑物构成的天文台。这些建筑物用途各异，几栋镶嵌有玻璃天窗的金属圆亭是天文爱好者们观察星辰运动的场所。建筑群的中央是一个院子，院子中心矗立着一座一百五十尺高的塔楼。站在塔楼顶端，可以俯瞰方圆二十五公里以内的地方，在这个范围内的地面上没有任何高大的建筑物、丘陵或山脉遮挡视线。

芒巴尔走在客人们的前面，敲了敲门。一个身穿考究制服的门房为他们打开了门。走廊的尽头有电动升降梯，向导带领着大家依次进入电梯。电梯平稳上升。四十五秒钟后，电梯到达塔楼顶端的平台。

一根旗杆竖立在塔楼的平台上，旗杆上悬挂着一面巨大的旗帜，在北风的吹拂下猎猎招展着。

这是哪个国家的国旗呢？我们的巴黎客人谁都不知道答案。根据红白相间的横纹，应该是美国国旗。但当时合众国的天空中闪耀着六十七颗星，而这面旗帜上却只有一颗星，准确地说是一轮金色的太阳，在天蓝色的旗面上闪闪发光，似乎要与苍穹中的星辰争辉。

“先生们，这就是我们的旗帜。”芒巴尔脱帽对旗帜表示敬意。

佐恩和伙伴们只好也学着芒巴尔的样子脱帽致意。随后，他们一直走到平台的垛口边，朝下一看……

大家齐声呼喊——先是惊奇的叫喊，后来却变成了怒吼！

整个地区完全呈现在他们的眼前。这个地方确实是一个标准的椭圆形，四周尽是汪洋大海。放眼望去，能够看到遥远的外海，却看不见任何陆地。

可是就在昨天夜里，他们乘坐美国人的车子离开了弗莱夏尔村以后，还在陆地上走了两英里的路程。然后，他们和电车一起坐轮渡通过了一条河。再后来，他们又回到了陆地上……事实上，如果他们真的离开了加利福尼亚海岸，航行到其他某个地方的话，他们应该能够发现……

弗拉斯科兰转身朝芒巴尔走过去。

“我们是不是在一个岛上？”他问道。

“正如各位所见！”美国佬回答说，脸上露出最亲切的微笑。

“哪一座岛？”

“标准岛。”

“那这座城市呢？”

“十亿城。”

五　标准岛和十亿城

那个时代，还没有哪个大胆的统计学家兼地理学家能够准确地给出地球表面上岛屿的总数。即使认为这个数字达到好几千，也不算是多么轻率。然而这上千座岛屿中，难道就没有一座能够符合标准岛创建者们的要求，满足它未来居民们的需要吗？不错！一座都没有！由此，人们产生了进行美国式机械化实践的念头，完全依靠人工来建造一座岛屿，从而成就了现代冶金工业最为进步的杰作。

标准岛——可以理解为模范岛的意思——其实是一座机器岛。十亿城是它的首都。为什么取了这样一个名字呢？显然由于这是一个由亿万富翁们组成的城市，属于古尔德、范德比尔特和洛克希德们的大都会。但是，有人会反对：英语中没有“十亿”这个词。新旧大陆上的盎格鲁－撒克逊人总是说“一千个百万”。“十亿”其实是一个法语词。事实的确如此。但是近几年以来，这个词已经进入大不列颠和美国的通用词汇里，因此“十亿”用在标准岛上还是很贴切的。

人工岛屿这个设想本身并没有多么了不起。只要在河流、湖泊或海里放进足够的材料，建造一个岛屿并非天方夜谭。然而这还远远不够。考虑到岛屿的用途和它所要满足的要求，这个岛还得能够移动，因此必须是漂浮在水面上，这恰恰是困难所在。不过，这个困难还没有超出钢铁冶炼工厂的技术水平，而且还可以借助机器无比强大的威力来完成。

美国人天生就喜欢大个儿的东西，对“巨大”十分崇拜。19 世纪末期，他们已经计划在距离大陆几百法里的外海中建造一个依靠铁锚固定的巨型浮筏。即便称不上一座城市，起码也是大西洋中的一座流动站，上面建有饭店、旅馆、娱乐场、剧院等设施。游客们在那里能够享受到水上城市所有最时髦的消遣娱乐活动。现在，这个计划成为了现实，并且十分完善。不过，人们没有建造浮筏，取而代之的是一座活动的岛。

六年以前，这段故事还没有发生的时候，为了建造这样一座人工岛屿，人们创办了一家美国公司，定名为标准岛有限公司。公司拥有五亿美元资本，分为五百股，兜售给美国的大富豪，并向他们提供各种优惠条件。这些优惠条件是在陆地上任何固定地点投资所没有的。股份很快就销售一空，由于当时美国有许多大财主，他们的财富来源不同，有的是依靠修筑铁路，有的是开办银行，有的凭借油田获利，还有的则是靠贩卖腌猪肉发的家。

建造这座岛前后用了四年时间，其中值得介绍的是它主体结构的数据、内部设施以及在太平洋上这片最美丽的地方是如何移动的。我们将以公里，而不是英里，作为计量单位来介绍它的规模——此时，十进制单位已经战胜了以往盎格鲁－撒克逊陋习的无理排斥。

关于水上浮动村庄，其实在中国的长江、巴西的亚马孙河和欧洲的多瑙河上早已成为了现实。可是，那些只不过是一些临时性的建筑，仅仅是在长串木筏上盖起来的寥寥几座小房子而已。等木筏漂流到了目的地，便会被拆除，房屋自然也随之拆掉了，所谓的村庄便消失了。

而我们这里谈论的岛屿完全是另一回事情：它必须能够置身于海中，而且能够长久存在下去——和人类的双手创造出的其他作品一样长久存在下去。

再有，根据德国地理学家拉文斯坦的学说，学者们精确地推算出到2072年时地球上的人口将达到六十亿左右。谁又能说到那时人们不会感觉到陆地是多么狭小拥挤啊？既然陆地到时会拥挤不堪，难道不应该在海面上建造城市吗？

标准岛是一座钢铁制成的岛屿，岛体的设计足以承受其巨大的重量。整个岛体由二十七万个沉箱组成，每个沉箱的尺寸均为十六点六六米高、十米长、十米宽。因此它们的水平表面边长为十米、面积为一百平方米。所有钢质沉箱用螺栓和铆钉固定在一起，构成了面积大约是二千七百万平方米，即二十七平方公里的岛屿。建筑师们把这个岛屿设计成了一个长七公里、宽五公里的椭圆形，其圆周长则为十八公里。

岛体浸入海中的部分为三十尺，浮出海面的部分为二十尺。这就是说标准岛的总吃水量为十米。通过计算，得到的结果是它的体积为四亿零三千二百立方米，排水量相当于其体积的五分之三，也就是二亿零五千九百立方米。

岛体吃水部分的问题可是费了好大一番周折，拖了很久才得以解决——它的设计者因此成为了亿万富翁。岛体要求不能让贝壳类的动物附着在与海水接触的岛屿外壳上。

新建岛屿的地下部分既不会变形也不会发生断裂，由于构成岛体的大量钢板都用横向连杆有力地固定住了，数不清的铆钉和螺钉使整个结构十分牢固。

建造这个海上的庞然大物，需要专门的工地。这是由标准岛有限公司购买了玛德莱娜湾及其沿海地区之后开辟出来的。该地区是老加利福尼亚这个细长半岛的尽头，位置靠近北回归线，建造标准岛的工程就是在这个海湾里进行的。建造机器岛的总工程师是著名的威廉·特尔森，他在工程竣工的数月后去世。大东方号客轮的设计者也是一样，在他的作品还没有成功下水时便离开了人间。其实，标准岛不就是一艘大东方号吗？只不过设计更为现代化，规模还要大上千倍。

大家都知道，一座人工岛屿不可能和船一样造好了再推到大洋上去。因此，人们在玛德莱娜海湾的水面上直接进行建造，一块一块地造好，再在水面上拼凑起来。而美国的这片海滨便成为了活动岛屿的停泊港，必要的时候标准岛可以停靠在这里进行维修。

标准岛的框架，也就是岛体——如果读者喜欢这个说法，由二十七万个钢质的沉箱组成。除了城市中心的部分经过了特别加固之外，其他地方都覆盖了一层厚厚的可以栽种植物的土壤。这层腐殖土足够岛上那些数量有限的植物生长：草地、花坛、矮树林、树丛、牧场和菜地。但如果还要在这种人造的土地上种植粮食和饲养用于食用的牲畜，那未免太不实际了。这些产品都是依靠定期进口来获得。不过话又说回来，为了使牛奶和家禽不完全依赖进口，修建一些这类产品的工厂还是很有必要。

标准岛四分之三的土地，也就是二十一平方公里的地方用于种植各种作物。公园的草坪四季常青，辽阔的田野盛产蔬菜和水果，人工牧场则为牲畜提供了足够的饲料。电气化耕作在此处得到广泛的应用，即通过直流电的刺激，加快植物的生长速度，并使它们的个头大到难以置信。比如四十五厘米长的萝卜，三公斤重的胡萝卜。岛上的花园、菜园和果园完全可以同弗吉尼亚和路易斯安那州最好的种植园一比高下。对此读者并不会感到意外：建造标准岛的人在资金投入方面可是毫不在乎的，因而称这座岛为太平洋珍宝真是恰如其分。

首都十亿城占据了整个岛大约五分之一的地方，即五平方公里或五百公顷土地，而算上其周边地区则有九平方公里。现在，一直陪伴着佐恩和他的同伴们一起在岛上各处观光的读者们对这个岛已经很熟悉了吧？即使亲自来此地想必也不会迷路。另外，人们在美国的城市中本来就不会迷失方向，由于现代化带来的既有幸福，也有不幸——幸福在于城市内的交通便利，而不幸则是艺术和想象力的缺失。大家知道椭圆形的十亿城分为两个部分，其分界线是位于城市中央的一条主干道，即长约三公里多的第一大街。天文台的位置就在这条大街的一端，而位于另一端与它遥遥相望的高大建筑物是市政大厦。那里集中了所有的行政机构和公共设施：供水、路政、植物园、公园、市立警察局、海关、露天与室内的市场、墓地、收容所、各类学校以及宗教和艺术场所。

那么现在读者不禁要问，在这样一个方圆十八公里的地方有多少人口呢？

当时，地球上人口超过一百万的城市共有十二座，其中四座在中国。而机器岛大约只有一万居民——都是地道的美国人。这里的公民们可不想发生什么国际争端，他们来此定居的目的就是在这座如此现代化的人造机器上寻找安逸和清静的生活。能满足这一点就足够了。但是现实情况却不尽人意，不同的宗教信仰将岛上的居民一分为二。不过，对于美国的北方佬——他们居住在岛的左半部分，与美国的南方人——他们居住在岛的右半部分，如果只允许他们其中一方来此定居的话，那将是非常困难的事。而且这样的话，标准岛有限公司的经济利益也会受到很大损失。

金属地面建造完毕，预留给城市的区域规划妥当，街道分布的计划通过了验收，各项工程就开始动工了。高档的旅馆、独门独院的住房、零售商店、公共建筑、教堂和礼拜堂等都开始兴建，但却见不到一座那种二十七层的高楼，就是在芝加哥可以看到的所谓高耸入云的摩天大楼。建筑材料既轻巧又耐用，其中最主要的金属是防氧化的铝。这种材料的重量是相同体积铁的七分之一，正如圣克莱尔·德维尔所说的，是一种未来的金属，能够造出任何坚固的建筑物。除此以外，还使用了人工石料，即可以轻松加以处理的水泥块。甚至还用到了表面光滑，形状像酒瓶一样的镂空玻璃砖。砖与砖之间用细密的灰浆黏连。这种透明的玻璃砖能够满足人们建造玻璃房子的愿望。不过，岛上最为常见的还是金属结构的房屋，正如目前造船厂中都是使用金属材料一样。标准岛难道不就是一艘巨轮吗？

上述所有这些产业均属于标准岛有限公司，岛上的居民无论多么富有，只不过是房客而已。另外，那些富可敌国的美国人对于居住的舒适和个人喜好方面会有种种的要求，公司对此事先都考虑得十分周到。跟这些美国的富豪相比，欧洲的君主和印度的王公都要相形见绌。

事实上，根据统计显示，世界全部的库存黄金为一百八十亿吨，白银为二百亿吨，而太平洋珍宝这块土地上的居民就拥有其中相当大的一部分。

同时，建造标准岛的这宗生意在财务方面一开始就进展得十分顺利。旅馆与住宅的租金高得惊人，某些地方的租金甚至超过数百万。许多家族毫不犹豫地每年都付出如此之高的租金。标准岛有限公司可真是大赚特赚了，而其中最赚钱的地方当然是首都十亿城了，这个名字可不是白给的啊。

除了这些腰缠万贯的大家族之外，还有几百户人家住在租金在十万到二十万法郎的低价房子里，他们对这种简陋的条件也很满意。这些人包括教师、供货商、职员和仆人。再有的就是无权在十亿城和标准岛长期居住的少量外国人。这里几乎见不到律师，因此很难碰到诉讼案件。医生就更少了，由于本地的死亡率低得不能再低了。每个居民对自己的身体状况都了如指掌，他们懂得使用握力器来测量肌肉的力量，肺活量计测量肺活量，脉搏计测量心脏的跳动能力，还有磁力计测量出人体的活力指数。这座城市不准经营酒吧、咖啡馆或者小酒店，从来没有人酒精中毒，也没有出现过醉酒闹事的情况。另外，需要提醒大家记住的是这里的公共服务部门为城市提供电力、照明、动力、供暖，还有压缩的空气、稀薄的空气、冷空气和自来水，同时还有气压传送的电报和电话服务。机器岛的整个运转系统避免了恶劣气候的侵害，消除了所有细菌的影响。如果还有人死去的话，那是由于生老病死的自然法则。不过那要等活到几百岁时人体油尽灯灭的时候了。

标准岛上是否驻扎有军队呢？当然有！这是一支由斯图尔特上校指挥的五百人的部队。由于太平洋沿岸地区并不是特别安全，某些群岛附近常常有海盗出没，因此在此驻军防止海盗入侵是很明智的做法。部队的军饷极高，每个士兵的待遇都比欧洲大陆上的将军们还要优越，这可一点都不夸张。征兵、食宿和军装制服都由标准岛的行政机构负责，一些同克罗伊斯国王一样富有的行政长官统一调配和监督。征兵的条件如此优越，因而应征者络绎不绝，剩下的麻烦就只有从他们中间进行精挑细选了。

标准岛上有警察吗？有几个警察小分队，足以保证这座不可能发生任何骚乱的城市的安全。警察奉市政当局的命令驻守在城市中。标准岛的海岸由海关人员不分日夜地巡查，外来船只和人员必须从规定的几个港口才能进入岛内。那么歹徒们如何能够潜入岛中呢？对于犯罪的本岛居民——这种情况极为少见，他们立刻会遭到逮捕、审判，随即被流放到太平洋以东或以西的新旧大陆的某个角落，终身不许返回标准岛。

刚才我们已经提到过标准岛的几个港口。那么，这里的港口肯定不止一个了？对，这里有两个港口，各自位于椭圆形岛体圆周的两个端点。如果按照法国航海术语来翻译的话，其中一个可以称为左舷港，另一个当然就是右舷港了。

幸亏这两个港口方位相反，因此在任何情况下都不必担心岛上定期进口货物会受阻。当一个港口因天气恶劣无法通行船只时，那么另一个港口肯定就是全面开放，从而保证满载着货物的船队进港。正是通过左舷港和右舷港，标准岛获得了充足的给养，各种货物源源不断地运到港口，包括石油（由特制的汽船运送）、面粉、谷物、葡萄酒、啤酒以及其他现代饮品、茶叶、咖啡、巧克力、日用百货、罐头等等，真是应有尽有。此外，从美国最好的市场上运来的牛、羊和猪也都从此地进入岛中，保证了岛上居民总是能够品尝到新鲜的肉类。即使在饮食方面最为挑剔的美食家也会心满意足。进入港口的货物中还有布料、各色织物和时装，无论是风度翩翩的富家公子，还是美貌典雅的名门闺秀，都能在这里找到所需要的东西。上述物品都可以在十亿城的供货商那里买到——价格如何呢？我们怕说出来读者们无法承受。

介绍了这些情况之后，读者不禁会琢磨：机器岛本身是一座活动的海上城市——今天在这里的沿海停留，明天却已经漂到了二十英里之外的地方，那么运送进口货物的汽船如何定期在美国沿海与机器岛之间穿梭呢？

答案很简单：机器岛从来都不会漫无目的地移动。它是按照最高行政当局的指令，根据计划进行移动。而移动计划要参照天文台的气象学家们的意见来制订。标准岛的移动其实就是在太平洋风光最为旖旎的群岛周围进行游览，但在必要时得调整航程，目的是最大程度上避免遭遇忽冷忽热的天气，防止由于这种恶劣气候引起的肺炎等各种疾病。刚才参观的时候，当四重奏问芒巴尔有关冬天的问题时，后者却回答："我们这里的人不知道！"现在大家该明白是怎么一回事了吧？标准岛仅在赤道南北纬各三十五度之间的海域移动，活动的纬度范围共七十度，大约一千四百海里，这是一条多么美妙的航线啊！既然标准岛的航线事先都规定好了，大洋中航行的船只当然总能找到"太平洋珍宝"，就如同广漠无垠的沙漠中的绿洲。

但即使有这种便利的条件，也不能指望航船总能与标准岛不期而遇，那后者该如何把自己的航程通知给相关的船只呢？标准岛有限公司并不希望借助于东方澳华拓展公司名下的那二十五根总长为一万六千英里的电缆。决不！机器岛不希望依赖任何人。解决这个难题的方法就是在航行的海面上设置数百个浮标，在这些浮标上架设连接玛德莱娜湾的电缆。只要靠近浮标，将连接天文台设备的线路安装在浮标上，再发出几封电报，海湾的工作人员就可以随时确定标准岛的经度和纬度，这样一来运送货物的船队也就能够定期把给养输送到岛上了。

可是，还有一个问题需要澄清一下。

岛上各种用途所需要的淡水是从哪里来的呢？

水的问题究竟如何解决呢？人们在港口附近建造了两座专门以蒸馏方法提取淡水的工厂，通过数条管道把淡水输送到居民的住宅里或田野的土地之下，从而保证了家庭和街道的各种用水需求，还可以把淡水转变成雨量适当的降水来灌溉农田和草坪，再也不用担心变化无常的天气了。水不仅经过了淡化，而且还经过了蒸馏和电解处理，比世界上最为纯净的水源流出的水还要卫生。而此时新旧大陆上的水，针尖大的水滴里所包含的细菌就有一百五十亿个。

最后需要说明的就是机器岛这台奇妙的机器是在怎样的条件下移动的。机器岛不需要很高的航速，半年中它都不会离开西经一百三十度到一百八十度的热带地区。标准岛的速度为每天十五到二十英里，这完全足够了，不需要再加快了。移动的问题本来可以很轻松地解决，只要装备一条拖船，外加一条既结实又轻便的印度麻绳，用它把拖船和岛身拴在一起，绳子就浮在海面上，这样不至于沉入海底而发生断裂。这根缆绳系住标准岛的两个端点，绕在圆柱形的滚轴上；蒸汽机驱动滚轴转动，拉动缆绳。如此这般，标准岛就像某些河流上的渡船一样被拖来拖去了。然而实际情况是如果想拖动标准岛这样的庞然大物，需要的缆绳得多么粗啊！而且在运行中还可能发生许多事故，造成大量的损失。更重要的是，这样一来航行就没有了自由，不得不遵循拖船一成不变的路线。凡是涉及到自由，美国公民是绝对不会妥协的。

幸亏当时电气工程师们取得了巨大的成就，任何事情都可以寻求"宇宙之灵"——电能的帮助。标准岛的动力自然也离不开电力了。两座配备有两千伏特输送电压的发电厂所具备的无穷威力，足以为标准岛的移动提供能量。电流输送到安装在两座港口附近的机械动力装置中，在上百个燃油锅炉的作用下，每一台推进装置都具有五百万马力。锅炉的燃料是一种经过加工的石油砖，比煤轻巧，产生的热量比煤多，而污染却比烧煤小得多。工厂的领导是华松和松华两位总工程师，还有许多位机械师和司炉协助他们工作。最高指挥是埃塞尔·西姆科耶舰长。舰长室设在天文台，通过电话与分别建造在左舷港和右舷港的两座工厂联系，发布航行指令。舰长根据确定的航线，发布前进或后退的命令。二十五日夜里，正是西姆科耶命令标准岛开始年度航行的。当时它正停泊在加利福尼亚沿岸附近的海域中。

读者们肯定希望一边阅读，一边大胆想象登上了标准岛——太平洋这块神奇之地遇到的种种奇异经历吧。想必他们最后是不会感到遗憾的。

让我们了解一下标准岛的最高航速吧。当推进设备开足马力——一百万马力的时候，速度为每小时八节。凭借坚如磐石的巨大身躯，机器岛不必担心任何风浪的袭击。即便是最猛烈的狂风掀起的的恶浪冲击，也无法撼动它的岛体。

如此稳当，自然不必担心晕船了。即使是刚“上船”的头几天，也不会感觉到哪怕是深埋在地下的机器运行时所产生的轻微颤动。机器岛的前后两端都建造了高达六十多米的船首分水角，可以毫不费力地劈波斩浪，保证了整个岛体能平稳的在大洋上遨游。

两座发电厂制造的能量除了作为推动力之外，自然还有其他的用途。正是这些电能照亮了田野、公园和城市；正是这些电能点亮了大海深处的灯塔，放射出耀眼的光束，使人们从很远的地方就可以发现机器岛的存在，从而避免了撞击事故的发生；正是这些电能为电报、电话、传字提供了所需要的电流，为私人住宅和商业区提供了能量。另外，机器岛的人造月亮也是依靠电来发光的，每一个人造月亮的亮度相当于五千根蜡烛的亮光，照亮了五百平方米的范围。

此时，这台非凡的海上巨型机器正在进行它的第二次太平洋之旅。一个月以前，它从玛德莱娜湾起航，向北纬三十五度前进，目的地是夏威夷群岛。当它行驶到下加利福尼亚沿海时，芒巴尔从电话中得知著名的四重奏刚离开旧金山，正要前往圣地亚哥，因此他建议把这些著名的艺术家请到岛上来演出，并自告奋勇承担了这项任务。现在读者们明白了芒巴尔为什么对待四位法国人如此殷勤，想方设法使他们登上了岛——那时机器岛离海岸只有几百链的距离。当然也明白了他怎样利用所谓“游览全岛”的恶作剧，而最终使十亿城的音乐爱好者们得以欣赏到室内音乐的魅力了。

机器岛称得上“世界第九大奇迹”了，它是人类无愧于20世纪的天才作品。第一小提琴手、第二小提琴手、中提琴手和大提琴手这四位音乐家如今成为了它的贵宾，标准岛载着他们朝西太平洋的海域航行。

六　客人被强制就范

即使佐恩、弗拉斯科兰、伊韦尔内和潘希纳见多识广，不会轻易大惊小怪，但现在如果想让他们按捺住心头的怒火却是不可能的了。他们恨不得扑到芒巴尔身上，卡住他的脖子。这么做也是合情合理的，本来大家都安稳地待在北美大陆上，却无缘无故地被骗到了太平洋上来！本来以为就差短短二十英里就到圣地亚哥了，那里的人们正期待着他们第二天的演出。现在却突然发现置身于一个远离原本目的地的活动的人工岛上了！四个人怒火中烧确实值得理解。

算是美国人走运，躲过了这可怕的第一次痛击。趁着“四重奏”瞠目结舌的时候，他偷偷地离开了平台，上了电梯，暂时避开了四位巴黎人的指责和愤怒。

“这个坏家伙！”大提琴手叫着。

“真是个畜生！”中提琴手痛骂道。

“喂！喂！如果没有他，我们也到不了这么奇妙的地方……”第一小提琴手仅仅说了一句。

“你是不是想原谅他?”第二小提琴手回了一句。

“不能饶恕！”潘希纳生气地说，“如果标准岛有法院的话，我们就去那里控告他，这个骗子美国佬！”

“最好还有刽子手，”佐恩几乎嚎叫起来，“要把他绞死！”

但是，要实现上面的任何愿望，都得先从天文台的塔楼下去，赶到十亿城里去。由于在一百五十英尺的空中，警察也无能为力。如果下塔的电梯在那儿，本来花不了多少时间。但刚才下去的电梯此时却没有再上来，而且这个地方连楼梯的影子都找不到。就这样，“四重奏”孤零零地待在天文台的顶端，与外界失去了联系。

怨气和怒火发泄完了，佐恩、潘希纳和弗拉斯科兰最终一动不动地待在那儿，一句话也不说了。只有伊韦尔内还在兴致勃勃地欣赏着风景。旗杆上那面薄纱旗帜在他们头顶上迎风招展着。此刻，佐恩气得快发疯了，竟然想到要割断旗子的绳索，把它扯低，就像战舰投降时降下旗帜一样。不过最好还是别惹是非，因此当佐恩刚拔出锋利的猎刀，同伴们立刻把他按住了。

“我们自己可不能理亏。”智者弗拉斯科兰提醒说。

“看来你是甘愿如此了？”潘希纳问道。

“当然不是，但我们不能把事情搞砸了。”

“可我们的行李都送到圣地亚哥了！”“殿下”不知所措地说。

“还有我们明天的音乐会！”佐恩嚷着。

“我们可以在电话里举行！”第一小提琴手开着玩笑回答，但这对于平息正在气头上的大提琴的怒火毫无益处。

天文台位于一个宽阔的广场中心，这里也是第一大街的尽头，这一点大家都还记得。这条长三公里的主干道将十亿城划分为两个部分。在第一大街的另一端，艺术家们发现了一座雄伟的宫殿，宫殿的顶端修建着一处精巧美观的钟楼。大家心想那里应该就是政府所在地了，市政厅里会有一位市长和他的一班助手在工作。音乐家们的猜想完全正确。更准确地说，此时钟楼里的大钟正发出悦耳的鸣响，悠扬的钟声随着微风一直传到了天文台的塔楼上。

“听啊！这是D长调！”伊韦尔内似乎有些陶醉了。

“而且是四分之二拍！”潘希纳也在听着钟声。

钟声显示现在是下午五点。

“晚饭怎么办？”佐恩喊着，“还有到哪里去睡觉啊？难道找不到这个可恶的芒巴尔，我们就得在一百五十尺高的平台上过夜吗？”

如果电梯再不升上来帮助这些“囚徒”脱身的话，那可真有这个危险了。

由于这一带属于低纬度地区，因此黄昏很短暂。刚才还光芒四射的太阳此时却如同射出去的炮弹一般，一下子就沉入了地平线。四重奏尽力朝远方的天边望去，看到的却只有一片茫茫的大海。既看不到任何船只，也没有一丝的炊烟。另一边依然是宽广的原野，电车在其间穿行，有的环绕着岛面行驶，有的连接起两个港口。公园此时还很热闹。从塔楼俯瞰下去，仿佛是一个巨大的花篮，里面盛开着杜鹃花、铁线莲、茉莉花、紫藤、西番莲、秋海棠、鼠尾草、风信子、大丽花、茶花，以及上百种的玫瑰。游客熙熙攘攘，有成年人，也有青年人，但决不是欧洲都市中那种令人羞耻的公子哥。那些人都是些徒有其表之辈。这里则是朝气蓬勃、极有修养的年轻绅士。妇人和姑娘们的服装大多为米黄色，这是热带地区的人们所偏爱的色彩。她们在公园里散步，手里牵着披挂着丝绸短衣和镶金缎带的可爱的小猎犬。这些上流社会的绅士贵妇们三三两两地在草坪中间用细沙精心铺设的小路上漫步，有的平躺在电动车的坐椅上休息，有的则坐在绿荫下的长凳上闲谈。稍远的地方有一些年轻的绅士在进行体育运动，有网球、板球、高尔夫、足球，还有的人骑着健壮的小马驹打马球。好几群孩子在草地上玩耍。美国孩子的旺盛精力令人惊叹，个人主义的精神早早地就在他们身上体现了出来，尤其是一些小姑娘。几名骑师在精心维护的赛道上驰骋，而其他人则在游园会的赛马中激烈地角逐。

城里商业区这个时候还是顾客盈门。

活动人行道沿着几条干线大街不断地输送着行人。天文台塔楼下的广场上出现了一群来来往往的路人，而我们的“囚徒”恐怕不会担心引起人们的注意吧。潘希纳和弗拉斯科兰朝人群大声呼救了好几次。行人们确实听到了他们的喊声，有些人还向他们招手致意，或对他们表示问候，声音甚至传到塔楼上法国人的耳朵里。但是，好客的居民中没有一个人对此表示惊异。对于他们来说，塔楼平台上热情的旅游团队没有什么值得大惊小怪的，而传到塔楼上的话语也只不过是“再见!”、“你们好!”或者其他一些表示友好和礼貌的客套话而已。十亿城的居民们似乎已经知道了芒巴尔盛情款待的四重奏到达标准岛的消息了。

“岂有此理！他们根本没有把我们放在眼里!”潘希纳忿忿不平地说。

“我看也是这样!”伊韦尔内接着说。

一个小时就这样过去了：整整一个小时，任何呼喊都无济于事！弗拉斯科兰急切的哀求与佐恩的各种咒骂都没有任何效果，结果只是白白浪费气力罢了。晚饭的时间越来越近了。公园里的游人渐渐稀少，街道上闲逛的人也不多了。这种冷冷清清的样子最终让人感到更加烦躁不安！

伊韦尔内喜欢幻想的脑子又开始转动了：“我们大概是被魔鬼引诱到某个禁地而触犯神灵的人，由于看到了本来不该看到的东西而遭到惩罚。”

“我们受到的惩罚或许就是活活被饿死！”潘希纳有些坚持不住了。

“至少那是在我们想尽一切办法延续生命以后的事情！”佐恩不服气地嚷嚷着。

“万一，最后我们之间不得不互相吞食，那第一个先吃掉伊韦尔内！”潘希纳居然到了这个时候还不忘记寻开心。

“那就如您所愿吧！”第一小提琴手长叹一声，语调温柔，低下头装出一副束手待毙的样子。

就在这时，从电梯里面传来一阵响动。电梯重新升了上来，在平台这里停住了。塔楼的囚徒们以为芒巴尔会从电梯里走出来，因此准备好好“欢迎”一下他。

电梯里面空荡荡的。

好吧！这回算他走运。受骗的人一定会找到骗子的！现在最要紧的事情是赶快下去，而办法就摆在眼前：坐电梯。

于是大家坐上了电梯。大提琴手和同伴们一上电梯，机器就开动了。不到一分钟，电梯到达了塔楼底层。

“嘿！”潘希纳用脚跺着地面说，“大家注意！现在我们踩着的可不是真正的大地！”

这样的玩笑开得可真不是时候啊！没有人理睬他。电梯门刚一打开，四个人就一起走了出去。天文台的内庭此时空无一人。他们穿过院子，沿着广场上的小路走着。

小路上只有寥寥几个人，似乎谁也没有注意到这四个陌生人的存在。弗拉斯科兰仔细地观察了一下四周，然后嘱咐大家小心行事。佐恩也不得不停止了责骂，那样做太冒失了。应该向当局讨个公道，不过现在他们没有什么危险。先回“精益求精”旅馆，明天再行使自由人的权利吧。“四重奏”打定主意，便沿着第一大街徒步前进了。

说到底，这几个巴黎人究竟有没有特别之处能引起公众的注意呢？或许有，或许没有。人们确实注意到了他们，但并没有盯着他们看，可能他们和十亿城平时那些少见的参观者一样。身处这块极不寻常的土地上，“四重奏”自己却感觉不自在，猜想着别人总是在盯着他们，而事实却并非如此。从另一个角度讲，他们觉得这里的居民性格都十分古怪。他们宁愿离开自己的同胞，来到地球上最大的海洋表面，过着漂泊不定的生活，因此对此感到奇怪也在意料之中。

稍微有些想象力的人都会认为岛上的居民属于太阳系中的另外一个星球，伊韦尔内就是这么想的。他极度兴奋的神经把他带入了虚幻的世界之中。潘希纳却只说了一句话：

“真的，所有的过路人都像百万富翁一样神气。和他们的岛一样，让人觉得他们的脚底下都装着一台小发动机。”

可是这个时候大家的肚子更饿了。午饭已经是很久以前的事情了，此时每个人的胃又在强烈抗议了，因此必须尽快赶回“精益求精旅馆”。等到了明天，四位音乐家们将想出好办法来搭上从标准岛开往圣地亚哥的汽船。当然，离开标准岛之前，肯定要向芒巴尔索要一笔赔偿，这是合法合理的。

正当他们沿着第一大街赶路的时候，弗拉斯科兰突然在一座华丽的建筑物前停下了脚步。这座建筑物的正面镌刻着一行金字：娱乐场。建筑物的大门是一座富丽堂皇的拱门，其右侧是一个餐厅。透过镶嵌着阿拉伯风格装饰物的玻璃窗，可以看到里面摆放着一排饭桌。其中几张桌子有客人在吃晚饭，他们周围还有许多仆人来来往往为他们服务。

“我们就在这里吃饭吧！”第二小提琴手望着他的伙伴建议说。

潘希纳只用简短的一个词回应他：

“进去！”

四个人鱼贯进入餐厅。餐厅里的人似乎没有十分在意他们的突然出现，可能是由于这里常常有外国游客光顾吧。五分钟之后，四位饥饿的人开始狼吞虎咽地享用这顿丰盛晚餐的第一道菜了。潘希纳负责点菜，其他人也都同意了。幸好“四重奏”的钱包是满的，如果他们在标准岛上把钱花光了，到了圣地亚哥后他们的钱包立刻就会再次鼓起来。

烹调手艺十分出色，水平远远高出纽约和旧金山的饭店。制作菜肴是在电炉上完成的，文火和大火可以随意调节。大家在品尝完了干贝汤、玉米烩肉块、生拌芹菜以及传统方法制作的糕点之后，呈现在他们面前的是绝对新鲜的鱼、鲜嫩无比的牛排、从加利福尼亚牧场和森林中运来的山珍野味，以及岛上集约化种植的蔬菜。饮料中没有美国流行的冰水，取而代之的是各种啤酒和葡萄酒。这些葡萄酒都是从勃艮第、波尔多和莱地区的葡萄园运到十亿城的酒窖中来的，可以想象这要花费多高的价钱啊！

美味的食物让巴黎人的心情好了起来，刚才产生的一些想法也似乎有些改变。他们或许对这次遭遇并不那么悲观了。众所周知，管乐家们都喜欢豪饮。如果是那些整天都要把音乐从管乐器中吹出来的人，这么做倒也可以理解。但换成摆弄琴弦的人，就没什么道理了。不过这又算得了什么呢？伊韦尔内、潘希纳和弗拉斯科兰开始觉得在这座亿万富翁的城市里生活是多么美好，甚至宛如生活在黄金国中一般。只有佐恩与同伴们的想法不一致，即使纯正的法兰西佳酿也无法扑灭他心中的怒火。

总之一句话，当要结账时候，“四重奏”的样子就像古代高卢人所说的那样醉醺醺的了。一位身穿黑色礼服的领班把账单递给了四重奏的“出纳员”弗拉斯科兰。

第二小提琴手瞟了一眼账单上的总数，猛地站了起来，随即又坐下，然后又站了起来，揉了揉迷蒙的双眼，抬头望着天花板一句话也不说。

“你这是怎么了？”伊韦尔内问道。

“我全身上下打了个寒战！”弗拉斯科兰回答。

“太贵了吗？”

“岂止是贵？要二百法郎！”

“四个人一共二百法郎？”

“不，每人二百法郎。”

账单一点都没错，总共一百六十美金，不多也不少。具体账目如下：松鸡十五美金、鱼二十美金、牛排二十五美金、梅多克与勃艮第葡萄酒每瓶三十美金，其他以此类推。

“我的老天！”“殿下”大叫起来。

“这简直就是抢劫啊！”佐恩愤怒地喊着。

他们这些话用的是法语，领班一个字也没听懂。不过，他对眼前发生的事情还是感到有些不妙。此时，他的嘴角露出一丝微笑，但这只是表示惊奇的笑容，绝没有轻蔑的意思。在他看来，四个人花一百六十美金吃一顿太正常了。标准岛都是这个价钱。

“别在这里丢人了！”潘希纳冷静了下来，“我们要捍卫法兰西的荣誉！付账！”

“无论如何都要出发去圣地亚哥！”弗拉斯科兰强调说，“否则，后天我们连一块三明治都买不起了！”

他边说边掏出钱包，从里面取出数目可观的一大把美钞，幸好美元在十亿城属于通用货币。当他刚要把钱交给领班的时候，却听到一个声音说道：

“这些先生们不需要付账。”

这是芒巴尔的声音。

美国佬刚刚进入大厅，还是一如既往的满面春风，笑容可掬。

“是这个家伙！”佐恩高叫道，恨不得一下子扑上去，紧紧掐住美国佬的脖子，就像他在用力拉“强音”时紧紧抓住琴颈一样。

“请冷静些，我亲爱的佐恩，”美国人说道，“我诚挚地邀请您和您的同伴到大厅去喝一杯咖啡。我们可以在那里随便聊聊天，等到我们闲谈结束的时候……”

“我会掐死你这个家伙！”佐恩气呼呼地答道。

“不会的，那时您会吻我的手。”

“您做梦吧！”大提琴手喊着，他的脸气得红一阵白一阵。

片刻之后，客人们已经躺在柔软舒适的沙发上了，芒巴尔则悠闲地坐在一把摇椅上晃来晃去。

现在来听听芒巴尔如何向客人们介绍他自己吧：

“卡利斯特斯·芒巴尔，纽约人，五十岁，著名的巴纳姆先生的曾侄子，目前担任标准岛美术馆的总监，负责绘画、雕塑、音乐等方面的事务。总之，十亿城所有娱乐活动都归我管理。现在诸位先生知道我是何许人了吧？”

“您或许还担任着警察局的某个职务吧？”佐恩的问题有些让人不解，“就是负责诱骗人们进入圈套，然后再强行扣留他们。”

“您先别急着给我下结论，大提琴先生，您真是肝火太旺了。”总监回答他说，“看看结果再说吧。”

“我们会等着的，”弗拉斯科兰语气庄重，“现在我们洗耳恭听。”

“先生们，”芒巴尔态度恭敬地继续说，“在这次谈话中，我只想和各位讨论有关音乐的问题。就按照我们机器岛居民目前对音乐的理解来进行吧。十亿城暂时一座剧院也没有；但只要我们想要，那剧院就会像变戏法一样从地下钻出来。直到现在，本岛的公民都是借助精密的机器来传送抒情音乐的代表作品，以此满足他们在音乐方面的爱好。无论是古代的还是现代的作曲家，甚至当代的大师和最受推崇的演奏家，我们随时都可以欣赏他们的作品。我们的留声机……”

“你们的留声机不过就是一个八音盒！”潘希纳不屑地说。

“这和您所想的并不一样，小提琴独奏家先生，”总监反驳他说，“我们所拥有的这些机器不止一次冒昧地播送过您的演奏会，当时您正在波士顿或费城演出。如果您愿意的话，可以亲自为您自己的演奏鼓掌……”

“在我们现在所处的时代，伟大的爱迪生先生的发明已经被应用到了炉火纯青的地步。留声机已经不再是发明之初简简单单的音乐盒了。多亏这位令人尊敬的发明家，演奏家、乐器大师和歌唱家在表演瞬间所展现出来的才华能够完好无损地保存下来，就像雕刻与绘画作品一样，后人才得以欣赏。这算得上是一种回音，但如同照片一样忠实于原作，演唱或演奏中极其微小的变化与精妙之处，都可以完完全全地再现出来。”

芒巴尔的这番热情洋溢的演说深深打动了他的法国听众。他谈到、雷耶、安布鲁瓦兹、托马斯、古诺、马斯内、威尔第，又谈到柏辽兹、迈尔贝尔、阿莱维、罗西尼、贝多芬、海顿和莫扎特的不朽作品。他对这些作品的理解深邃透彻，充满了热爱，并把推广这些作品作为他所长期担任的音乐艺术经理人职务的主要工作。他的话听起来很有趣。不过，他似乎对瓦格纳并不十分推崇，当时他的作品已经逐渐受到了冷落。

他高谈阔论了一番，正准备喘口气，潘希纳抓住机会插话说：

“您所说的一切都太好了。但您的十亿城在我看来，听到的从来都只是留声机中的音乐，其实只能算‘罐头音乐’，与装在罐头里的沙丁鱼和腌牛肉没什么区别。”

“请原谅，中提琴先生。”

“本‘殿下’原谅您，但仍然坚持这一点：你们的留声机里所放出来的音乐都是过时的音乐，十亿城从来都没有欣赏过艺术家真正的演奏。”

“请您再次原谅我。”

“我们的朋友潘希纳原谅您多少次都可以，芒巴尔先生，”弗拉斯科兰加入到交谈中，“他的口袋里装满了‘原谅’。但他的判断是正确的。其实，您可以与美国或欧洲的剧院取得联系……”

“亲爱的弗拉斯科兰，您以为这种事我办不到吗？”总监先生提高了嗓门，也不再“荡秋千”了。

“您的意思是……”

“我的意思是说这只不过是钱的问题，而本城的富有足以满足对于音乐的任何幻想、任何愿望！而我们确实也这么做了。”

“如何做到的呢？”

“利用安装在这个娱乐场音乐会大厅中的剧院转播机。标准岛有限公司不是拥有许多埋在太平洋海底的电缆吗？其中一端连接着玛德莱娜湾，而另一端则牢牢地悬挂固定在海面的一些浮标上。当我们的公民想聆听新旧大陆上某一位歌唱家的演唱时，只要从海里捞起一根电缆，再向玛德莱娜湾的工作人员打一个电话，然后他们会将线路与美国或欧洲某个剧院或音乐大厅接通。我们的音乐爱好者们就可以坐在这个娱乐场里欣赏到真实而又遥远的演出，并为之喝彩。”

“但在演出现场却听不到他们的喝彩！”伊韦尔内说。

“请原谅，亲爱的伊韦尔内先生，通过回路电线可以听得到。”

接着，芒巴尔继续对音乐高谈阔论起来。不仅把音乐看作是一种艺术的表现形式，而且是一种治疗疾病的良方。根据威斯敏斯特修道长哈福德的方案，十亿城的居民证实了利用音乐所取得的惊人疗效，音乐保证了他们拥有健康的身体。音乐对人体的神经中枢产生一种反射作用，和谐的旋律具有扩张动脉血管和影响血液循环的效能，能够根据需要加快或减缓血液流动的速度。音调与音强可以促进心脏与呼吸系统的运动，还有利于消化食物。正由于音乐具有上述功效，十亿城建造了几处“音乐能量站”，通过电话线将音乐输送到各家各户。

听到这里，“四重奏”目瞪口呆。他们从来没有从医学的角度来谈论过这门艺术，这很可能让他们感到有些不悦。但是，对于“幻想家”伊韦尔内来说，这些理论足以令他兴奋起来。同时，这不禁使人回想起了撒乌尔王时代，那时著名的竖琴家大卫不就是以弹奏来作为处方和治疗方法的吗?

总监的长篇演讲结束时，伊韦尔内高声表示赞同：“对啊！对啊！这是显而易见的事情。只要根据诊断结果来选择音乐就可以了！贫血的人适合听瓦格纳和柏辽兹的作品……”

“门德尔松和莫扎特则是为多血体质的人准备的，可以代替溴化锶，且效果更佳。”

这时，佐恩插话进来，粗暴地打断了这番兴致越来越高的对话：

“你们说的都是废话！问题是为什么把我们带到这里来?”

“由于弦乐器的作用最强……”

“原来如此，先生！为了让你们错乱的神经镇定下来，为了治疗你们的神经病人，因此您就中断了我们的旅行，阻止我们到圣地亚哥去参加明天的音乐会……”

“正是如此，我伟大的朋友们!”

“在您的眼里，我们不过是医学院的学生，管理音乐配方的药剂师?”潘希纳对此也十分不满。

“事实并非如此，”芒巴尔赶忙站起来解释，“诸位在我的眼中都是大名鼎鼎的天才艺术家。“四重奏”在美国巡回演出所获得的喝彩声一直传到了我们的岛上。如今，标准岛有限公司认为应该用看得见、摸得着、有血有肉的演奏高手来代替留声机和剧院转播机，为十亿城的居民带来面对面欣赏艺术大师献艺的那种难以言表的愉悦。公司决定将室内音乐作为整个计划的开始，然后将会组织在歌剧院中演出的交响音乐会。公司指派我不惜任何代价把各位请到岛上来。因此，你们是第一批登上标准岛的艺术家，可以想象一下将会受到什么样的欢迎啊！”

伊韦尔内和潘希纳被总监这番声情并茂的言辞深深感动了，甚至连他们受骗来此的事情都忘在了脑后。还是弗拉斯科兰遇事冷静谨慎，他在仔细盘算着是否该清算他们这段受骗的遭遇。但不管怎样，在如此神秘的岛上所发生的事情又怎么能够不令人感到意外呢？至于佐恩，他可一点都没有让步的意思。

“不，先生，”佐恩嚷嚷着，“没有征得同意就把人骗到这里可不行！我们将控告您！”

“控告？你们本来应该感激我才对啊！怎么能够忘恩负义呢？”总监反驳他说。

“我们必须获得一笔赔偿，先生。”

“赔偿？我确实要付给你们一笔钱，数目要比你们想要的多出一百倍。”

“为什么付钱？”务实的弗拉斯科兰听不懂总监的话。

芒巴尔拿出钱包，从里面抽出一张印有标准岛徽章的纸，并把它递给了艺术家们：

“请四位在这份公证书上签名，生意就成交了。”

“都没看内容就签名？”第二小提琴手感到犹豫，“别的地方可不是这么办的。”

“放心吧，你们不会为此而后悔的！”芒巴尔继续说道，并且大笑起来，整个身体都在笑声中发颤。“那我们就照章办事。这是公司向你们建议的一份合同书，自今天起生效，有效期为一年。合同的内容是你们为本岛居民演奏一年的室内音乐，就像你们在美国的巡演那样。一年之后，标准岛将返回玛德莱娜湾，届时诸位将及时到达……”

“赶上我们在圣地亚哥的音乐会，对吗？”佐恩打断了他，“到圣地亚哥去听人们喝倒彩吧！”

“不，先生们，应该是喝彩声和叫好声！对于像你们这样的大艺术家，音乐迷们总是会以欣赏你们的表演为荣——即使是晚了一年！”

就别再怨恨芒巴尔这样的人了！

弗拉斯科兰拿起合同书，从头到尾看了一遍，问道：

“我们的利益有何保证呢？”

“一份由我们总督塞勒斯·比克斯塔夫签署的标准岛公司的保证书。”

“酬金按照我在合同书上看到的标准支付吗？”

“的确如此，一百万法郎。”

“四个人总共一百万吗？”潘希纳喊了一声。

“每人一百万法郎，”芒巴尔微笑着回答，“当然，即使是这个数目，也与诸位的身份不相称。你们的才能是无法用金钱来衡量的！”

这种吹捧已经到了极点，否则就过头了，对此大家都会赞同。可是，佐恩却依然表示反对，任何价钱他都不会答应。他就是要到圣地亚哥去。弗拉斯科兰费了好大劲才把他的怒火平息下去了。

话又说回来，总监提出的条件好得确实有些无法相信。一份只有一年期限的契约，每人却有一百万法郎的酬劳，难道这是真的吗？千真万确！弗拉斯科兰为了求证，继续问道：

“酬金如何支付呢？”

“分期付清，”总监回答说，“这是第一季度的酬金。”

芒巴尔的钱包里塞满了一沓沓的钞票。他从其中拿出四份，每份五万美金，也就是二十五万法郎。然后，他把钱交到了弗拉斯科兰和他的同伴手中。

这是一种做生意的方式——美国式的交易。

面对此情此景，佐恩的态度多少有些动摇了。但他的坏脾气永远也改不掉，因此他还是忍不住抱怨起来：

“可是不管怎么说，你们岛上的东西价钱也太贵了。如果一只小山鹑要二十五法郎，那么买一副手套大概就要花一百法郎了，一双靴子更得要花上五百法郎！”

“哦！佐恩先生，对这些鸡毛蒜皮的小事，标准岛公司从来都不会计较的！”芒巴尔大声对他说，“公司将会负责‘四重奏’在岛上演出期间的一切开销！”

如此慷慨的条件，除了在合同上签字之外，还能做什么呢？

弗拉斯科兰、潘希纳和伊韦尔内都在合同上签了名。佐恩仍然在嘟哝着说这一切都很荒唐，登上一座机器岛，可不是什么好事情，结果等着瞧吧……不过最后他还是签了名。

手续办妥当了。弗拉斯科兰、潘希纳和伊韦尔尽管没有去吻芒巴尔的手，但还是热情地和总监握手。四个人每人握一下手，每一下一百万！

就这样，“四重奏”被拉进了一次不可思议的冒险中，并且成了被标准岛“欺骗”来的客人。

七 西行

标准岛在海面上平稳地航行，此时的太平洋与它的名字倒十分相称。二十四小时以来，佐恩和他的同伴们已经习惯了这种安静的移动，甚至都感觉不到他们正处于行驶之中。尽管数百台发动机足有一千万马力的巨大力量，但机器岛的金属岛体却连轻微的震动都很难感觉得到。十亿城在它的地基上纹丝不动。即便遇到连最强大的军舰都要任其摆布的惊涛骇浪，十亿城仍旧会平安无事。岛上的住宅中找不到具有防震功能的桌子或电灯，配备这些东西有什么必要呢？巴黎、伦敦和纽约的房屋都比不上这里的楼房坚固。

在玛德莱娜湾休整了几个星期之后，标准岛有限公司的董事长主持召集机器岛显贵委员会会议，确定了年度航行计划。根据会议制定的计划，机器岛将在东太平洋的主要岛屿间航行。这个地区的空气清新洁净，含有丰富的臭氧。臭氧是一种浓缩、带电的氧气，含有普通氧气所没有的许多活性物质。既然机器岛能够自由地移动，那它当然会好好利用这个条件，随心所欲地到各地漫游，无论是向西还是向东，靠近美国海岸，或向亚洲东部沿岸前进。标准岛想到哪里就可以到哪里去，为的就是享受在世界各地漫游的乐趣。如果有朝一日它想离开太平洋，绕过合恩角或是好望角前往印度洋或大西洋，那对于它来说只要调整一下方向就能办到。您可以放心：不管是洋流还是暴风雨，都无法阻止它抵达目的地。

尽管有这个可能，机器岛也决不会到那些遥远的海域中去。太平洋中连绵不绝的群岛提供给“太平洋珍宝”的种种优越条件可是独一无二的。机器岛可以从一个群岛前往另一个群岛，辽阔的海域足够进行这种多个线路的航行了。的确，机器岛并不具备动物所特有的直觉，即所谓第六感，根据自己的需要来确定方向。但是机器岛是被一双可靠的手所操纵，并且按照经过长时间讨论和一致通过的计划来航行。直到目前为止，左舷区和右舷区在这个问题上从来都没有出现过分歧。现在，机器岛正遵循委员会的决议，向西朝着夏威夷群岛行进。这次航行的目的地距离“四重奏”登岛的地点大约有一千二百法里，中速行驶需要一个月的时间完成。到达之后，机器岛将会在那里停泊，直至选定前往南半球的另一个岛屿那天为止。

“四重奏”在岛上度过了值得纪念的日子。第二天他们便离开了“精益求精旅馆”，在娱乐场专门为他们准备的一套客房中安顿了下来。这是一套十分舒适的客房，设备齐全，应有尽有。窗外便是第一大街。佐恩、弗拉斯科兰、潘希纳和伊韦尔内每人都有自己的卧室，套间的中央是客厅。娱乐场的中心庭院树木茂盛，为他们提供了乘凉的树荫。庭院中还流动着潺潺的泉水。庭院的一侧坐落着十亿城博物馆，另一侧是音乐大厅，巴黎艺术家们将有幸在这里代替留声机的回音和剧院转播机的信号。餐厅为他们专门准备好了餐具，只要他们愿意，一天去几次都行。但那时领班再也不会为他们呈上天价的账单了。

这天上午，四个人聚集在客厅里，准备一会儿下楼吃早餐。

“嘿，乡下小提琴家们，”潘希纳戏谑地问道，“你们说说我们到底碰到了什么事情?”

“我们是在做梦吧！”伊韦尔内回答说，“我们在这个梦里签了一份一年一百万的合同！”

“这可是百分之百的事实！”弗拉斯科兰提醒道，“翻翻你的口袋，就会掏出来那一百万的四分之一，那可是第一季度的酬金啊！”

“还是想想最后如何收场吧！我想肯定非常糟糕！”佐恩的大嗓门又响了起来。他这个人总是十分挑剔，鸡蛋里也能找出骨头来。

“还有，我们的行李怎么办?”

其实，这个时候他们的行李应该已经运到圣地亚哥了，再也回不来了，而行李的主人也不可能去寻找它们了。唉！都是些基本物件：几只旅行箱、内衣、盥洗用具、换洗的衣服，还有他们在公众面前演奏时穿的礼服。

其实，他们的担心完全是多余的。四十八小时之内，艺术家们的行头将焕然一新，原来有些破旧的衣服会被全套崭新的服饰所代替，包括一件价值一千五百法郎的外套和一双价值五百法郎的靴子。当然，这些都不必由他们自己掏腰包。

另外，芒巴尔巧妙地将这桩棘手的事情处理妥当，因此他现在感觉十分得意。他希望能满足“四重奏”提出的任何要求，真是无法想象还会有比他更为殷勤周到的总监了。他住在娱乐场的一个套间里，所有部门都在他的领导之下。标准岛有限公司付给的酬劳足以维持他的阔绰和大方，不过我们对具体数目还是保密为好。

娱乐场里设有阅览室和游戏室。但是诸如巴卡拉纸牌、三十到四十、轮盘赌、扑克以及其他各种赌博性质的游戏在这里都是被严格禁止的。此外，这里还有一个吸烟室，由新近成立的一家公司负责先烧制烟叶，然后将产生的烟直接送来。燃烧烟叶的器具统一放置在一间屋子中，释放出来的烟经过净化处理，去除了尼古丁等有害物质。吸烟者通过许多装着琥珀烟嘴的特殊管道来解决他们的烟瘾，只要动动嘴巴就可以了。同时，一只计量器记录着他们每天的吸烟量。

音乐迷们在这座娱乐场里能够陶醉于从遥远的地方传来的音乐，现在他们将在此欣赏到四重奏的精彩表演了。这里还存放着十亿城拥有的各种收藏品，而陈列着大量古代与现代名画的美术馆则满足了绘画爱好者们的需要。这些作品全都价值连城，包括意大利画派、荷兰画派、德国画派和法国画派的作品。如此丰富的收藏甚至连巴黎、伦敦、慕尼黑和佛罗伦萨的著名博物馆都显得相形见绌。几乎所有绘画大师的作品都能在这里找到，其中古代的大师有拉斐尔、达·芬奇、乔吉奥纳、科雷日、多米尼根、里贝拉、穆里罗、鲁伊斯达尔、伦勃朗、鲁本斯、魁普、弗朗斯·阿尔斯、霍贝马、范迪克、霍尔拜因等。而弗拉高纳尔、安格尔、德拉克鲁瓦、舍菲尔、卡巴、德拉罗什、莱尼昂、古杜尔、梅索尼耶、米耶、鲁索、朱尔·杜布莱、布拉斯卡萨、马加尔、特纳、特罗永、科罗、杜比涅、鲍德里、博纳、卡罗鲁斯·杜兰、朱尔·勒费伯、沃龙、布勒东、比内、永、卡巴内尔等现代艺术巨匠的代表作品也成为收藏的一部分。为了确保这些传世之作能够永久地保存下去，人们把它们都放置在玻璃橱窗内预先准备好的真空环境中。值得注意的一点是：印象主义、感伤主义和未来主义的作品目前还没有成为这里的收藏品。不过这种情况不会持续太久，标准岛早晚也会受到这种颓废艺术之风的侵袭。同时，这里还摆放着许多珍贵的雕塑作品。古代与现代伟大艺术家雕刻的大理石塑像陈列于娱乐场的各个庭院之中，供人们驻足欣赏。凭借这里既不下雨也没有雾气的好天气，这些放置在室外的群像、全身像和半身像可以免受风雨的侵蚀。

我们是不是可以认为总会有人来参观这些杰作？或者十亿城的富豪们对于艺术品具有极高的品位？要不就是他们的艺术感官已经足够发达呢？这恐怕不一定吧。尽管如此，还是应该说明一点：右舷区的艺术爱好者比左舷区多。但是每当他们要收购一件大作时，却总能达成一致。他们在艺术品拍卖时的竞价无人能敌，足以把他们所垂涎的某件珍品，从奥马尔公爵或肖夏尔这样的新旧大陆那些顶级收藏家手里夺过来。

娱乐场里来宾最多的地方是阅览室，存放着欧洲和美国的报刊杂志。这些都是由汽船定期从玛德莱娜湾运来的。杂志经过读者们反复阅读之后，被存放在图书馆的书架上。目前，图书馆的书架上已经摆放着数千本书籍，由一名专门的图书管理员负责分门别类地对它们进行编号。这名管理员的年薪是二万五千美金，而他或许是岛上最轻闲的公务员了。此外，图书馆里还有相当数量的留声图书：不必打开书去费劲地阅读，只要按一下电钮，就可以听见一个悦耳的声音为您朗读其中的内容了——好似勒古费先生朗诵拉辛的《费德尔》。

说到“本地”的报纸，则是在两位主编的领导下，在娱乐场的工作室内撰写、排版和印刷。其中一份《右舷新闻》，供右舷区的居民阅读；另一份《新先驱》，则是为左舷区的居民准备的。报纸上的专栏报道的是一些时事新闻、邮船到港的消息、海上新闻、航行中的遭遇、商业区所关注的食品价目表、标准岛每日所处的经度和纬度、显贵委员会的决议、总督的政令，还有一些民事消息：新生儿出世、年轻人结婚、老人死亡（当然这种事情很少发生）。而且这里从来没有发生过盗窃和凶杀案，法庭审理的都是民事诉讼案件，解决个人之间的纠纷。报纸上从来也见不到有关百岁老人的报道，由于这里长寿并不是那种只有少数人才享有的特权。

现在来谈谈如何了解岛外世界的政治问题吧。外界的政治消息每天从玛德莱娜湾通过电话传送过来，这些多亏了深埋于太平洋海底的那些电缆。如此一来，十亿城的居民就可以对世界各地发生的那些他们所感兴趣的事情了如指掌。需要补充一点：《右舷新闻》与《新先驱》之间并没有激烈的竞争。直到现在，这两份报纸都和睦相处。但这种彬彬有礼、互通信息的情况会不会长时间持续下去，那就不得而知了。新教徒与天主教徒在宗教问题上都采取宽容与让步的态度，双方在标准岛上相安无事。不过，将来如果可恨的政治搅进来，如果一部分人又想从事商业活动，如果涉及到个人私利和自尊心的问题……

除了上述两份主要报纸，还有一些周报或月报，它们大多转载国外报刊的文章，例如萨尔塞、勒麦特尔、夏尔姆、福尔内尔、德尚、福基耶、法朗士的继承者们以及其他著名评论家的文章。另外，还有插图精美的杂志，十二种俱乐部小报、晚报和通俗喜剧报，其内容都是有关最新社交活动的消息。这些新闻的目的只有一个：使人们在精神上，甚至在胃肠消化方面，得到片刻的轻松。这可一点都不夸张！其中一些小报的纸张是用可以吃的面饼制成，而印刷的墨水则是融化的巧克力。人们阅读之后，可以把它们作为早餐吃掉。另外一些则具有止泻或制泻功能，对健康十分有益。“四重奏”也认为这项发明既令人愉快，又特别实用。

“这可真是些容易消化的读物啊！”伊韦尔内的判断合情合理。

“这样的文学太有营养了！”潘希纳也发表了自己的见解，“糕点与文学融合在一起，再配合有益健康的音乐，真是完美啊！”

现在，读者自然想知道机器岛的财富究竟来自何处。如此巨大的财富维持着岛上的居民优越的生活福利条件，这是新旧大陆上任何一座城市都无法比拟的。根据分发给各个部门的经费以及最低的职员收入来看，全岛的收入数目之大肯定是无法想象的。

因而，他们向总监提出了这个问题，后者是这样回答他们的：

“我们这里从来不做什么买卖，既没有经济部，也没有证券所，更没有任何工业生产。至于商业活动，仅仅限于满足本岛的需要而已。我们从来都不会为外国人举办类似于1893年在芝加哥和1900年在巴黎所举办的世界博览会。绝对不会！标准岛上不存在所谓的商业崇拜，我们从来都不会在这方面出风头，除非是要求‘太平洋珍宝’向前行驶？因此，标准岛不是依靠商业贸易来获得所必需的收入，而是通过海关税收取得。不错！海关税收足够满足我们的全部预算。”

“那么这笔预算有多少?”弗拉斯科兰喜欢刨根问底。

“两千万美金，尊贵的朋友们!”

“一亿法郎!”第二小提琴手不禁喊了出来，“一座只有一万居民的城市的预算!”

“的确如此，亲爱的弗拉斯科兰。这笔预算全部来自于海关税收。城市本身不征税，由于本地的产品数量不值得一提。只有在右舷港和左舷港两个港口收税。现在，各位明白这里物价为什么如此之高了吧？当然，这种高价也是相对而言的。在你们看来是非常昂贵的东西，却符合我们这里居民的收入水平。”

说到这里，芒巴尔情不自禁地又对他的城市与岛屿大加赞扬和吹捧了一番。在他的嘴里，标准岛简直就是坠落在太平洋上一个高等行星的一小块，称得上是浮动的伊甸园，隐居于其中的都是圣贤高人。如果在这里都找不到真正的幸福，那么也休想在世界其他地方找到！芒巴尔眉飞色舞地说着，活像一个走江湖卖艺的人在吹嘘他的本事，仿佛在说：

“女士们，先生们，请进来吧！请检票入场！座位马上就要满了！好戏立刻开始！赶快买票吧!”

不过，这里的“座位”确实不多，而“门票”也太贵了！哼！总监先生在表演抛接百万的杂耍呢！在十亿城里，百万只不过是普通的数量单位而已。

芒巴尔的演说滔滔不绝，话语仿佛瀑布一般狂泻而下，还不断地做着手势，仿佛是兴奋地打着旗语。“四重奏”成为他“忠实”听众的同时，也对标准岛各个公共行政机构有了全面的了解。首先，学校实行免费和义务教育，由学校的教师分配，他们领取和部长一样的工资。学生在学校中所学到的语言，有的在世界上已经不再使用了，有的则是通用语言。教师们向学生传授历史、地理、物理、数学，以及舞蹈、绘画、音乐等娱乐艺术方面的知识。按照芒巴尔的意思，这里的学校比旧大陆上任何大学或学院都要好。其实，这里的学生在课堂上十分轻松自在，没有任何的压力。尽管目前这一代人多少从美国的学校里学到了一些东西，但是他们的后代所具备的知识要远远少于他们领取的年金了。这是标准岛让人感到遗憾的地方。很可能由于这一点，他们将同整个人类分离开来而孤独地生活。

竟然是这样！那么，标准岛的居民不到外国旅行吗？难道他们从来没有造访过海外的国家，没有游览过欧洲的大都市吗？难道他们不曾在遗留着各种古代遗迹的地方驻足吗？当然不是！他们中间有一些人在好奇心的驱动下，到达过遥远的地方。但是，他们在那里感到疲倦，大部分的人感觉厌烦，找不到能和标准岛的生活相媲美的地方。他们在那里遭受了严寒与酷热的折磨，最终得了感冒，而在十亿城是没有人会患感冒的。结果当初那些冒冒失失离开标准岛四处远游的人都急着返回他们的岛上。他们从旅行中得到了什么好处呢？什么也没得到。正如希腊人的古老谚语所说的那样："走的时候什么样，回来的时候还什么样。"这里我们可以补充一句："将来仍然还是老样子。"

自从埃菲尔铁塔占据了"世界第八大奇迹"的位置——至少有这种说法，标准岛算得上是"世界第九大奇迹"了。但是根据芒巴尔的统计，慕名而来的外国人从来都不多。尽管岛上两个港口的转门，本可以成为一项新的收入来源，本地人还是不希望有太多的客人。去年来此游览的大部分是美国人。其他国家的游客则很少，或者一个都没有。不过，毕竟还是有几个英国人来过，这一点从他们总是挽起的裤腿就可以认出来，而他们这样打扮的借口是伦敦经常下雨。说点题外话，英国人对于建造标准岛的前景很不看好。他们认为标准岛会妨碍海上交通，如果建岛计划取消的话，高兴的肯定是英国人。至于德国人，一旦允许这些人涉足标准岛，用不了多久这里就会成为新的芝加哥，因此德国人在这里不受欢迎。最受标准岛公司青睐与欢迎的是法国人，原因在于他们不属于具有侵略性的欧洲民族。不过，直到现在，岛上还没有出现过法国人吧？

"不可能有法国人。"潘希纳发表意见了。

"我们法国人都不够富有。"弗拉斯科兰补充说。

"对于靠年金生活的法国人而言确实如此，"总监答道，"但作为公务员却并非如此……"

"这么说十亿城有我们的一个同胞？"伊韦尔内问道。

“的确有一个。”

“这位幸运儿是谁呢?”

“阿塔纳斯·多雷米先生。”

“这位阿塔纳斯先生是做什么的?”潘希纳急于知道答案。

“他是教授舞蹈、礼仪和姿态的老师，领取行政当局发给他的一笔丰厚的报酬，这还不算那些私人请他上课的收入。”

“这种课程只能由法国人来教!”“殿下”自豪地说。

此时，“四重奏”对于标准岛的公共行政机制大致了解了，大可尽情投入到这次朝向西太平洋的魅力之旅中了。根据西姆科耶舰长给出的方位指令，标准岛的位置不断发生变化，因而太阳时而从岛的一边升起，时而又从另一边升起。如果不是由于这一点，佐恩和他的同伴们还真会以为他们是在结结实实的大地上呢。在接下来的半个月中，暴风雨两次侵袭标准岛，狂风与巨浪无情地冲击着岛体。尽管这里是“太平”洋，但实际上风暴并不少见。大海的波涛在金属的岛体上撞得粉碎，掀起的浪花围绕在岛体周围，如同拍打在海岸的峭壁上一般。然而，在这惊涛骇浪之中，标准岛纹丝未动，太平洋的怒涛对它无能为力，人类的才干战胜了大自然。

半个月之后，即6月11日，举行了第一次室内音乐会。电子宣传海报在各条大道两旁随处可见。不用说，演奏家们事先已经受到了总督和市政府官员们的接见。塞勒斯·比克斯塔夫总督对他们的到来表示最热烈的欢迎。各家报纸纷纷登载“四重奏”在美国巡回演出时取得的巨大成功，并且热烈祝贺总监先生圆满地完成了邀请任务——尽管人人皆知他的方法多少有些专横。能够身临其境地欣赏到这些艺术家演奏名家作品，那是多么美妙的享受啊!对于那些音乐行家来说，这是怎样的一道“佳肴”啊!

从十亿城娱乐场付给四位巴黎人不可思议的报酬来看，就知道这次公演的音乐会肯定不会免费。还不止于此!行政当局也希望从中大捞一笔，这和美国的剧院经理的做法一样。对于他们来说，女歌手演唱的每一个小节，甚至每一个音符都值一美元。这里的人通常付费欣赏由娱乐场的剧院转播机传送来的音乐会。那么，今天更不能例外了，而且价钱肯定比平时要贵得多。音乐大厅的座位是均价，每张扶手椅二百美金，也就是一千法郎。芒巴尔夸口说肯定会爆满。

确实被总监说中了！所有的座位都被预订一空。娱乐场舒适而优美的大厅只有一百个座位。如果以拍卖的方式出售门票的话，那真不敢想象票价会打破什么样的纪录！但这与标准岛的做法相抵触。任何具有商品价值的东西，无论是奢侈品还是生活必需品，都会事先明码实价地在价目表上公布出来。要是不制订这样的预防措施，某些财富多得惊人的家伙就有可能干起囤积居奇的勾当，这正是标准岛尽力避免发生的事情。的确，如果说右舷区的富翁们来参加音乐会是出于对艺术的热爱，那么左舷区的富翁们很可能是为了显示他们的身份才出席的。

当佐恩、潘希纳、伊韦尔内和弗拉斯科兰在纽约、芝加哥、费城和巴尔的摩的听众面前出现时，音乐家们可以毫不夸张地说：这里都是身价百万的人！而在今晚，如果他们不用“十亿”估算听众们的身价，那么对实际情况肯定是低估了。就让他们尽情想象吧！杰姆·坦克登、纳特·科夫莱以及他们各自的家人在第一排就座。他们是那么引人注目，人们不时向这两位首富投来尊敬的目光。其他座位上坐满了标准岛上的音乐迷，他们的身价低于十亿。不过正像潘希纳描绘的那样，这些人的腰包同样十分结实。

“我们上台吧！”“四重奏”的首领发话了，出场的时刻到了。

四个人登上了舞台，但并不比在其他地方演出时更加激动，甚至还没有在巴黎公众面前亮相时那么紧张。那里人们口袋里或许没有这么多的钞票，但他们的艺术修养要比这里高得多。

尽管四位演奏家还没亲自体验过他们的同胞多雷米先生的礼仪课程，但应该说他们的举止十分得体：二十五法郎的白色领结、五十法郎的暗珍珠色手套、七十法郎的衬衫、一百八十法郎的皮鞋、二百法郎的坎肩、五百法郎的黑色长裤、一千五百法郎的黑色礼服——当然这些都是由行政当局掏的腰包。听众们为他们喝彩，右舷区的掌声非常热烈，而左舷区的掌声却较为理性，这是由于两部分人性格不同的缘故。

音乐会的曲目包括四个部分，乐谱由娱乐场的图书馆提供，都经过了总监先生精心的挑选。

第一曲：降 E 长调第一四重奏——门德尔松第十二号作品；

第二曲：F 长调第二四重奏——海顿第十六号作品；

第三曲：降 E 长调第十四重奏——贝多芬第七十四号作品；

第四曲：D 长调第五四重奏——莫扎特第十号作品。

四位演奏家在这个坐满了亿万富翁的大厅里发挥得淋漓尽致，悠扬的琴声在漂浮于太平洋深达五千米的海域表面的这座岛屿上空回荡。他们的演出获得了巨大成功，尤其在右舷区的音乐迷们面前得到了验证。在这个具有纪念意义的夜晚，应该看看总监先生：他已经兴奋到了极点！仿佛是他独自一人演奏着两把小提琴、一把中提琴和一把大提琴。对于交响乐的顶尖高手——“四重奏”来说，这是多么完美的一个开始啊！当然对于剧院经理来说也是如此。

另外还有一个地方值得注意：除了大厅里座无虚席之外，娱乐场的周围此刻也是水泄不通了。事实上，有许多人既没有买到大厅里的正座，也没有买到临时设置的简易座位，还有的是由于高昂的票价而被剧院拒之门外。剧院外的这些听众被限制在一块很小的区域里，他们只能从很远的地方聆听传来的琴声，这就跟从留声机或剧院转播机里听到的效果一样。但是，他们的掌声与大厅里面相比却毫不逊色。

音乐会结束了。当佐恩、伊韦尔内、潘希纳和弗拉斯科兰出现在大楼的左侧平台上时，剧院外的听众向他们报以震耳欲聋的掌声和欢呼声。第一大街沐浴在炫目的灯光之中，人造的电月亮将光明播撒到大地上，面容苍白的月神塞莱娜肯定会嫉妒不已的。

在娱乐场对面的人行道上，站得稍微靠边一点的一对夫妇引起了伊韦尔内的注意。男子站在那里，胳膊挽着一位女子。这个男人身材高大，仪表出众，显得十分严肃，甚至有些忧伤，年龄似乎有五十来岁。那名女子年纪比他稍小，身材高挑，神情高傲，帽子下露出的几缕银丝证明她也上了年纪。

伊韦尔内对他们小心翼翼的态度有些吃惊，于是指着他们向芒巴尔问道：

“这两个人是谁?”

“是说他们吗?”总监顺着伊韦尔内的手望去，然后轻蔑地撇了一下嘴说，“哦！他们是狂热的音乐迷。”

“那他们为什么不在大厅里订两个座位呢？”

“可能对他们来说太贵了吧。”

“那么他们有多少财产呢？”

“年金勉强达到二十万法郎。”

“噢！”潘希纳颇有些感慨地说，“这两个可怜的家伙究竟是谁呢？”

“马莱加尔利的国王和王后。”

八 航行

在这台非凡的机器制造完成之后，标准岛公司必须确保两个机构的运转：一是航海机构，另一个则是行政机构。

航海机构由一位经理，更准确地说是一位船长负责，他就是众所周知的美国海军出身的埃塞尔·西姆科耶舰长。这位五十岁的舰长是一位经验丰富的航海家，对太平洋海域的情况了如指掌：洋流、风暴、暗礁、珊瑚礁，一切都牢牢地记在他的脑子里。凭借如此完美的才干，西姆科耶舰长指挥机器岛的航行自然十分可靠了。他在上帝与标准岛有限公司的股东们面前发誓，全权负责岛上富翁们的安全。

行政机构由各个不同的部门组成，领导权掌握在标准岛的总督塞勒斯·比克斯塔夫先生手中。这是一个来自于缅因州的美国佬。他的家乡是美国内战期间卷入那场自相残杀的争斗最少的州之一。因此，塞勒斯·比克斯塔夫先生有幸被选为岛的总督，在岛上的两个部分之间维护公正。

总督先生年逾花甲，至今还是独身一人。他性格冷漠，具有极强的自制力，冷淡的外表下面隐藏着旺盛的精力。他举止谦恭，颇有英国绅士风度，言谈中流露出外交家的谨慎。即使在其他国家，他也会是一位值得尊敬，而又必定受到尊敬的大人物。不过在岛上，他只不过是代表标准岛有限公司的一名高级公务员罢了。另外，尽管总督先生的薪金抵得上欧洲小国君主的开支，但是在这里他还算不上富裕。在十亿城那些巨富面前，他又算得上什么呢？

塞勒斯·比克斯塔夫既是全岛总督，如此一来，我们的巴黎朋友就能够想象得出，在这种会议上免不了偶尔出现一些分歧，难以达成一致。不过直到现在为止，塞勒斯·比克斯塔夫凭借他巧妙与机智的调节，始终能够化解矛盾，兼顾两方居民的面子。

当然，总督的两个助手中，一个是新教徒，名字叫巴泰勒米·吕热；另一个是天主教徒，名字叫赫布利·哈考特。两人都是从标准岛有限公司的高级公务员中精心挑选出来的，他们满怀热忱地辅佐塞勒斯·比克斯塔夫。

十八个月以来，机器岛自由自在、无拘无束地在太平洋辽阔的海面上航行，不受任何外交关系的约束或恶劣天气的影响，想到哪一片天空下就到哪一片天空下。就在这样一个岛上，“四重奏”将度过整整一年的时光。尽管这样做确实有些冒险，未来可能还会遭遇到什么意外。但是既然没法预测，也就不必担忧了。不管大提琴家如何抱怨，至少目前一切很顺利，一切都在按部就班地进行着。不过话又说回来，凭借人力在无边无际的大洋上造出这么一座人工岛，是不是已经超越了造物主赋予人类能力的极限了呢？

标准岛继续向西航行。每天当太阳越过子午线的时刻，西姆科耶舰长便指挥天文台上的下属官员对岛的方位进行确认。然后，安装在市政厅钟楼四个侧面的刻度盘就会精确地显示出经纬度位置。与此同时，这些信息通过电报迅速传递到街头巷尾。十亿城的居民从旅馆、公共场所、私人住宅中随时都可以知道标准岛处于整个航线上的什么位置了。

除了在太平洋上稳稳当当地航行之外，十亿城与新旧大陆上的那些大都市没有任何区别，公共或私人的生活方式与别处完全一样。我们的演奏家大多数时间还不太忙，他们最主要的娱乐活动就是探索“太平洋珍宝”所蕴藏着的一切新奇事物。电车载着他们前往岛的各个端点。总督先生的办公室也在市政大厦，各种民事公文证书都要送到那里去办理：出生公证——岛上的出生率足以保证人口的延续；死亡证明——死者都被运往玛德莱娜湾的墓地安葬；结婚手续——根据标准岛的法律，结婚必须首先在市政厅进行民事公证，然后再前往教堂举行伴有宗教仪式的婚礼。各个行政部门都集中在市政大厦里办公，从来没有受到过居民的任何投诉。这理所当然应归功于总督以及他的下属们尽职地工作了。佐恩、潘希纳、伊韦尔内和弗拉斯科兰在总监的引领下见到了市长先生，对他的印象特别好。凡是善良、正直、务实，既没有偏见，也不会空想的人，都会让别人产生这种印象。

“先生们，”市长对他们说，“我们非常幸运地把诸位请到这里来。或许总监先生邀请的方式有些唐突，但我相信你们一定会原谅他的，而且今后市政府绝对会令各位满意的。我们仅仅希望你们每月举办两次音乐会，同时允许你们随意接受私人的邀请进行演奏。我代表市政当局向诸位伟大的音乐家表示由衷的敬意。我们将永远不会忘记你们是本岛荣幸接待的第一批艺术家！”

“四重奏”对受到如此高规格的礼遇感到十分高兴，于是向芒巴尔明确地表示对市长先生的接待十分满意。

“不错！塞勒斯·比克斯塔夫先生真是一个可亲的人，”总监轻轻耸了耸肩膀说，“不过令人遗憾的是他却没有十亿或二十亿……”

“人无完人啊！”潘希纳打断了他的话。

十亿城的总督兼市长有两个助手，协助他处理机器岛上十分简单的行政事务。在他们的领导下，一批数量不多的工作人员具体负责各个部门的工作，领取与他们工作相称的报酬。

虽然固执的佐恩始终拒绝赞美这些奇妙的景致，弗拉斯科兰也显得那么平静，充满激情的伊韦尔内却一直处于亢奋的状态之中！在他看来，20世纪结束的时候，浮动的城市将会在海洋上随处可见，必将成为未来世界进步与安逸的最高成就。这座移动岛屿的风光是多么旖旎啊！它正要去拜访它在大洋州的那些姐妹们。至于潘希纳，身处这样一个无比富庶的环境，“殿下”感觉有些飘飘然了。他耳朵里听到的尽是“百万”这个数字，就仿佛别处人们说到“二十五个金路易”一样。纸钞是这里的流通货币，人们习惯在口袋里装上两三千美金。我们的“殿下”不止一次地对弗拉斯科兰说：

“老伙计，你身上有没有五万法郎的零钱？”

这段日子里，“四重奏”也结识了一些本地人，他们到处都受到人们热烈的欢迎。再说还有大名鼎鼎的芒巴尔的推荐，谁会不急切地盛情款待他们呢？

“四重奏”首先拜访的是他们的法国同胞，就是那位舞蹈、礼仪和姿态的教师阿塔纳斯·多雷米。

这位正直的人住在右舷区第二十五大街的一栋租金为三千美金的普通房子里，以每月一百美金的价格雇了一个年老的黑人女仆来服侍他。当然，他也为结识几个法国人而感到高兴——这些可都是令法兰西骄傲的人。

多雷米先生已经六十六岁了，身材矮小，干瘪消瘦，但目光仍旧很有神。满口的牙齿完好无损，浓密的头发微微卷曲，和他的胡须一样都已经白了。他步履稳健，脚上踩着拍子，挺胸抬头，但腰却有些弯了。双臂摆出圆形的姿势，两只脚稍微有些外八字形，鞋穿得十分得体。四位艺术家非常希望和他闲聊，而他也正准备这么做，由于只有他的健谈能与他的优雅风度相媲美。

"我太高兴了！我的同胞们，我真是太高兴了！"第一次见面时，老人把这句话重复了二十次，"能见到你们，我是多么高兴啊！你们在这座城市里住下，这个主意太棒了！你们绝对不会后悔，由于我在这里已经习惯了，甚至无法接受以其他任何方式生活了！"

"多雷米先生，您在这里已经居住多久了？"伊韦尔内问道。

"十八个月了，"教师回答说，同时把脚换成另一种姿势，"自从标准岛建成之日起我就住在这里了。我以前住在新奥尔良。多亏我在那里的名声好，因此尊贵的总督塞勒斯·比克斯塔夫先生同意我在岛上工作。那一天可真是我的幸运日！从此以后，当局发给我薪俸来领导一个舞蹈、礼仪与姿态学院，我依靠这笔薪俸在岛上生活……"

"成了百万富翁！"潘希纳忍不住叫了起来。

"哦！这里的百万富翁……"

"我知道，我知道，亲爱的同胞。不过，听总监先生说，来这里上课的学生不是很多。"

"我只有城里来的几个学生，这是事实，而且都是些年轻人。美国青年人自以为生来就具备了优雅的气质，因此不希望别人知道他们来这里上课。而我则是秘密地把法兰西的高雅礼仪传授给他们！"

他一边说，一边微笑着，好似一个卖弄风情的老妇人，以此来显示他的优美仪态。

阿塔纳斯·多雷米是一个出生在桑泰尔的庇卡底人。他从小就离开了法国，来到美国的新奥尔良定居。在令人怀念的路易斯安那州那些法兰西后裔中，他的才能有许多发挥的机会。他在那些大家族中任教，获得了成功，并且有了些许的积蓄。但是有一天他却被美国最常见的那种夜盗洗劫一空。这时，正好赶上标准岛有限公司为它的生意大肆宣传，到处张贴广告，鼓动那些大富豪们来标准岛定居。这些人是靠建造铁路、开采石油和贩卖腌猪肉或鲜猪肉发了横财。于是，阿塔纳斯·多雷米决定向这座新城市的总督提出工作申请，岛上不会有人和他这类教师争饭碗的。幸运的是他与同样来自于新奥尔良的科夫莱家族有交情，这可让他沾了不少光。在后来成为十亿城右舷区显贵之一的家族首领科夫莱先生的举荐下，多雷米的申请顺利通过。这就是一个法国人，甚至是一个庇卡底人如何成为标准岛上公务员的经过了。他确实只能在自己家里授课，娱乐场的大教室中也只有这位教师孤零零一个人在照着镜子。不过这都无所谓，他的酬金并没有因此而少了一个子儿。

总之，多雷米是一个正直善良的人，稍微有点可笑，还有些怪僻。他相当地自负，自以为继承了韦斯特里家族与圣莱昂家族的遗风，承接着布鲁梅尔家族与西摩爵士的传统。另外，在“四重奏”眼里，他是一个法国人，是他们的同胞。这个身份在远离故土法兰西几千里的地方永远都会受到重视。

四位巴黎人当然地把他们最近的遭遇向这位同胞细细道来，告诉他四个人是如何来到了机器岛上，芒巴尔如何引诱他们上了钩——确实是用了欺骗的手段，还有他们如何在刚刚上岛后几个小时就起锚远行了。

“总监的这种做法，我一点都不感到意外，”老教师回答他们说，“他这是又耍了一次手段。他常常这么做，而且还会有新的花样！真不愧是巴纳姆的后代，早晚会连累到标准岛有限公司的。这位不拘小节的先生真应该来跟我学学礼仪。他就是一个进到别人家就舒舒服服地坐到椅子上，然后若无其事地把两脚搭到窗台上的那种美国佬！不过，他的为人其实并不坏，但就是太我行我素了！既然他是这么一个人，我亲爱的同胞们，你们就别再怨恨他了。虽然你们错过了圣地亚哥的音乐会确实令人不快，不过能在十亿城待上一段时间肯定是一件十分愉快的事情。本地的居民会十分尊敬诸位的，而你们对此也会感激不尽。”

“特别是在每一个付款期限来临的时候!”弗拉斯科兰说出了心里话，他作为团队会计的职责开始显示其极端的重要性了。

当他们问及有关岛上两个部分之间互相对立的问题时，阿塔纳斯·多雷米的话证实了芒巴尔之前的说法。在老教师看来，这种争斗可能会成为天边的一块乌云，甚至有演变成暴风雨的危险。左舷区与右舷区之间缘于利益与自尊心的冲突实在令人担心。本地最富有的坦克登与科夫莱两大家族之间互相猜忌，并且愈演愈烈。如果不想法子调解使他们重归于好的话，很可能最终爆发激烈的冲突。是的，那将是一次大爆炸!

“只要别把整个岛炸掉，我们就没什么可担心的。”潘希纳半开玩笑地说。

“起码我们在岛上的时候千万别被炸了!”大提琴手补充说。

“哦!小岛可结实得很!我亲爱的同胞们!”阿塔纳斯·多雷米安慰他们说，“这个岛在海上航行的十八个月以来，从来没发生过什么严重的事故。仅仅进行过三次无足轻重的修理，这种修理都不必到玛德莱娜湾去就能完成!可想而知，它的钢质岛体有多么坚固!”

现在一切都清楚了。如果连这种全钢质地的外壳都无法保证安全的话，那么在世界上还有哪种金属能办得到呢?钢由铁矿石经过碳化锻造而成，我们的地球本身不就是一个巨大的碳化体吗?因此，标准岛可以算得上是一个小型的地球了。

由此，潘希纳又向老教师打听他对塞勒斯·比克斯塔夫总督的看法了:

“他也是钢铁制成的吗?”

“不错，潘希纳先生，”多雷米对此表示肯定，“总督先生拥有旺盛的精力，是一个十分出色的行政长官。不过美中不足的是在十亿城里，仅仅靠钢铁般的人还不够……”

“还需要用金子来做!”伊韦尔内接过话来。

“您说得一点不错，否则就没有价值了!”

现实情况确实如此。尽管塞勒斯·比克斯塔夫在岛上可以说是德高望重，但他也只不过是标准岛公司的代理人罢了。他签发各类民事公文，负责征收关税，监督公共卫生、街道清扫、花木保养以及听取纳税人的投诉。简而言之，就是要与他所管辖的大部分居民作对。除此以外，他就什么都不是了。正像老教师说的那样，在标准岛上必须要排得上号才行，但塞勒斯·比克斯塔夫却没有资格。

他还有一项职责，就是在岛上对立的两个部分之间保持平衡，始终站在调解人的立场上，决不能出现偏袒某一方的情况。这样的政治家可真难做啊！

事实上，左右舷两方之间的冲突已经露出了苗头。右舷区的居民来到标准岛定居，目的就是为了用他们的财富享受安静祥和的生活，而左舷区的居民却开始怀念起他们以前的经商生涯了。他们在琢磨着为什么不把机器岛改造成为一座巨型商船？为什么不利用它来将各种货物运送到大洋州去发财？为什么机器岛要禁止发展工业？简而言之，尽管以坦克登为首的这些美国佬在岛上只不过住了两年而已，他们做买卖的瘾头却又上来了。虽然到目前为止，他们还仅仅是在口头上说说，但这足以让总督塞勒斯·比克斯塔夫感到不安了。无论如何，总督都希望事态千万不要恶化，这种内部的分歧决不能干扰到这台人造机器的正常运转。本来它就是为了让居民们能够安安静静生活而建造的。

拜访结束了，“四重奏”起身向阿塔纳斯·多雷米告辞，并保证还会来看望他老人家。多雷米照例要在下午的时候去娱乐场。尽管那里一个学生都没有，但他不愿给别人留下失职的把柄，因此宁愿独自一人在教室里，对着那些从来没有使用过的舞蹈镜子准备他的课程。

机器岛每天都在向西行驶。为了到达夏威夷群岛，因而稍稍偏向西南方。根据现在所处的纬度，机器岛进入到了热带地区，因此温度已经升高了许多。如果没有清凉海风的吹拂，十亿城的居民恐怕早就热得吃不消了。幸好夜里还是很凉爽。在充足的人工降雨的滋润下，即使在三伏天，树木与草场依旧郁郁葱葱。每到正午时分，市政大厦上的刻度盘便指出当时的方位，并用电报告知各家各户。6 月 17 日，标准岛到达西经一百五十五度、北纬二十七度地区，距离北回归线很近了。

“这座岛简直是在太阳的牵引下移动，”伊韦尔内振振有辞地说，“如果大家喜欢更加文雅的说法，那它就是阿波罗的神驹拖动的大车！”

伊韦尔内的说法既正确又富于诗意，但佐恩的反应却仅仅是耸了耸肩膀而已。依他的脾气可不喜欢被别人牵着鼻子走，特别是在还没有征得他同意的情况下。

佐恩一直在重复着那句话：“走着瞧吧！看看这次冒险怎么样收场吧！”

每天，当“四重奏”去公园里散步的时候，那里的游人总是特别多。此时，草坪四周聚集了十亿城所有的显要人物，有的骑马，有的步行，还有的驾车而来。上流社会的淑女们向人们展示她们一天中的第三套服饰，从头上戴着的帽子到脚上穿的鞋，色调完全一致，其面料则是当时最为流行的印度丝绸。她们有时穿的是那种用纤维素制成的人造丝绸衣服，显得光彩照人，有时又是分解并剔除松树或落叶松中的纤维后，加工而成的人造棉衣服。

见此情景，潘希纳不禁感叹道：

“总有一天，你们会看到人们用常春藤的枝条来织布，送给最忠实的朋友；用垂柳的树皮为无法安慰的寡妇们编织衣料！”

但是，只要衣料不是从巴黎运来的，只要服装不是由本城的“裁缝之王”亲手设计的，十亿城的贵妇小姐们无论如何都不会穿在身上。这位“裁缝之王”有一句名言，并且公开地说过：“女人的关键就在于外表。”

马莱加尔利的国王和王后偶尔也会从这群活跃的绅士淑女中间穿过。这一对丢掉了宝座的落魄皇族引起了法国艺术家们由衷的同情。每天看见这两位高贵的人手挽着手走过，“四重奏”都产生无尽的感慨。同那些大富豪相比，他们确实很贫穷。但是，“四重奏”却感受到他们的威严与高贵，仿佛是超脱了世俗一切杂念的隐士。的确，和这么一位国王住在同一座城市中，标准岛上的美国人从骨子里感到得意。正由于他曾经拥有的王位，大家对他仍旧十分尊敬，“四重奏”自然也不会例外了。不管是在街道上还是公园里，每当与国王夫妇相遇的时候，“四重奏”都会恭恭敬敬地向“陛下”致意。国王和王后则对这种法兰西式的尊重十分感动。其实，二位“陛下”在岛上的身价并不见得就比塞勒斯·比克斯塔夫高多少，甚至还比不上总监先生呢。

对于那些害怕乘船航行的旅行者来说，登上一座活动的人工岛是最好不过的选择了。这样一来，他们就不必担心任何海上的事故了，根本不会由于海上的风暴而担惊受怕。两侧拥有一千万马力推动装置的标准岛永远都是风平浪静，任何逆风都拿它毫无办法。两船相撞确实很危险，但倒霉的绝对不会是标准岛。那些开足马力或撑满风帆向前行驶的船只，如果撞到了标准岛的钢铁边缘上，那它们可就要遭殃了。不过，大家别担心，这种事故极少发生。港口和岛体周围在夜晚总是灯火通明，还有那些铝质的人造月亮发射出的电光的提醒，因此撞船的可能性几乎是零。说到暴风雨，那根本不值得一提了。坚如磐石的巨大岛体足以制服最猛烈的惊涛骇浪的冲击。

然而，每当潘希纳和弗拉斯科兰在岛的两端来回散步的时候，无论是在船舻炮台，还是在船尾炮台，两个人都觉得这里缺少了一些海岬、海角、小海湾、沙滩之类的东西。这条海岸只不过是用成千上万的螺钉和铆钉连接起来的钢铁护墙而已。要是有一个画家在此地写生的话，他一定会想念起如大象皮肤一般凹凸不平的古老岩石，涨潮时激浪拍打着岩石上的海藻！无论工业文明多么先进，也无法代替大自然之美，这一点确凿无疑。虽然伊韦尔内对这座人工岛赞叹不已，但他也不得不承认这一点。造物主的鬼斧神工，这正是人工建造的标准岛所缺少的东西。

6 月 25 日夜里，标准岛穿过了北回归线，行驶到太平洋热带地区的边缘。此时，“四重奏”恰好在娱乐场的大厅中举行第二场音乐会。请大家注意：凭借第一场演出的成功，这次演奏会的门票上涨了三分之一。

但是这并没有影响到来宾的数量，大厅还是显得太小了。音乐迷们争抢着座位。显而易见，这种室内音乐会对于健康大有好处，没有任何人怀疑它所具备的治疗功效。按照事先安排，这回的“处方”仍然是莫扎特、贝多芬和海顿的作品。

演出获得了巨大成功。不过为他们欢呼喝彩的如果是巴黎的公众，他们一定会更加高兴。遗憾的是这里不是巴黎，那么四位演奏家对这些亿万富翁们的叫好声也就满足了。唯有佐恩对此依然表现出极端的蔑视：

“我们还能要求什么呢？”伊韦尔内劝他说，“我们现在可正在通过北回归线……”

“这可是回归线上的音乐会啊!”潘希纳又玩起这种可恶的文字游戏了。

当他们从娱乐场走出来的时候，猜猜他们在那群出不起三百六十美金正座票的穷鬼中间看见谁了？马莱加尔利的国王和王后。他们正谦恭地站在娱乐场的门口。

九 夏威夷群岛

太平洋在这一带地区有一条海底山脉，从西北偏西延伸至东南偏东方向，绵延长达九百法里。它与大洋洲其他的陆地中间隔着四千米的深海，如果把这些海水抽干的话，这条山脉就会呈现在人们眼前了。这条山脉露出海面的只有八座“山峰”，也就是八个小岛：尼哈乌岛、卡瓦伊岛、瓦胡岛、莫洛凯岛、拉奈岛、毛伊岛、卡鲁哈尼岛和夏威夷岛。这八座岛屿大小不一，组合在一起称为夏威夷群岛，又名桑威奇群岛。这些岛屿几乎全部都处于热带，只有零星的一些岩石和暗礁向西延伸到了回归线以外。

大家任由佐恩一个人待在角落里嘟哝着，只有他对这些大自然的奇观无动于衷。潘希纳、伊韦尔内和弗拉斯科兰说得一点不错，他们的头儿真像一把锁在琴匣里的大提琴。

“说真的，”其中一位说道，“我可不反对到夏威夷的这些岛上去游览一番！既然我们在太平洋上漫游，至少得带点纪念品回去！”

“而且夏威夷本地的帕乌尼人、苏人和其他一些相当开化了的远西地区的印第安人将会接待我们。不过，即使遇到真正的野人我也很高兴，最好是那种食人族……”另一个接着说道。

“这些夏威夷土著人现在还吃人吗？”第三个有些害怕了。

“希望如此！”潘希纳一本正经地回答，“这些人的祖先曾经吃掉了著名的库克船长。既然祖辈们已经品尝到杰出航海家的肉身，那他们的后代不可能失去对人肉的爱好！”

必须承认，“殿下”在谈起那位1778年发现夏威夷群岛的著名英国航海家时，态度的确不够恭敬。

经过这番交谈，读者可以得出一个结论：我们的法国艺术家十分期待着在航行中偶遇几个真正的土著人。不管怎么说，这是在他们的家乡碰到他们，那可要比动物驯化园中展出的复制标本真实多了。因此，艺术家们焦急地等待着，每天都在盼望着天文台的瞭望员能早一点发现夏威夷群岛的影子。

7 月 6 日清晨，希望终于实现了！消息迅速传开，娱乐场的布告栏上用传字机打出了这样的通告：

“标准岛已发现夏威夷群岛。”

千真万确，不过现在距离夏威夷还有五十里的路程。由于夏威夷群岛最高的山峰，即夏威夷岛上的高山，海拔可达四千二百米。晴天的时候，即使距离这么远也可以看得很清楚。

埃塞尔·西姆科耶舰长指挥标准岛朝东北方向的瓦胡岛靠近。瓦胡岛的首府是火奴鲁鲁（即檀香山），同时也是整个夏威夷群岛的首府。按照纬度高低排列顺序，瓦胡岛是群岛中的第三个岛屿。尼哈乌岛是一个辽阔的畜牧场。它与卡瓦伊岛都位于瓦胡岛的西北方。瓦胡岛并不是群岛中最大的岛屿，它的面积仅有一千六百八十平方公里，而夏威夷岛的面积差不多有一万七千多平方公里。至于其他几个岛屿，总面积也只有三千八百一十二平方公里。

从出发那一天起，“四重奏”就自然而然地与标准岛上的主要官员们建立了良好的关系。这些人中既包括总督、舰长和斯图尔特上校，也包括华松和松华两位总工程师。他们对待“四重奏”的态度十分殷勤，向他们表示最为热烈的欢迎。艺术家们成了天文台的常客，在塔楼顶端的平台上往往一待就是几个小时，这让他们感到非常惬意。因而，今天四个人中最大胆的两位伊韦尔内和潘希纳来到这里就不足为奇了。大概是上午十点，电梯把他们两个人送上“殿下”所说的“桅杆的顶端”。

埃塞尔·西姆科耶舰长已经到了那里。他把望远镜递给两位法国朋友，建议他们看一下地平线上西南方向浓雾笼罩下的一个点。

“那是夏威夷的冒纳罗亚，要么就是冒纳基亚，”舰长向他们解释，“这是两座著名的火山。1852 年和 1855 年两次喷发，当时涌出的岩浆覆盖了岛上七百平方公里的地方。1880 年再次爆发，从火山口中冒出的火山物质足足有七亿立方米！”

“真了不起啊！”潘希纳赞叹道，“舰长，您认为我们能有机会欣赏到这种壮观的场面吗?"

"我不知道,伊韦尔内先生,"舰长回答他说,"火山的活动没有规律可循。"

"哦!就这么一次也好啊!而且还有保护措施。"潘希纳依旧兴致不减,"如果我像坦克登先生和科夫莱先生一样富有的话,肯定会出钱制造一次火山喷发,以此满足我的梦想。"

"好吧,我们将把您的愿望转告给那两位先生,"舰长微笑着回答他,"我相信为了让诸位高兴,即使不可能的事情他们也会想办法去做的。"

接着,潘希纳又向舰长问起夏威夷群岛人口数量的问题。舰长告诉他说本世纪初,那里还有二十万居民,但现在剩下的不到一半。

"啊?西姆科耶先生,十万野人已经够多的了。万一他们依旧是那种尚未开化的食人族,吃人的习惯还没有改变,那十亿城的居民还不得被他们都吃光了!"

标准岛并不是第一次光顾夏威夷群岛。去年它就穿越过这片海域,由于这里的气候对健康有益。其实,已经有一些美国病人来此地疗养了,欧洲的一些医生也把患者送到这里来呼吸太平洋的新鲜空气。现在从巴黎到火奴鲁鲁也就二十五天的行程,而且这里能让肺部呼吸到其他任何地方都没有的那种特别的氧气,何乐而不为呢?

7 月 9 日上午,标准岛抵达了夏威夷群岛。此时它距离西南方向的瓦胡岛五英里。岛的东部是高耸的钻石峰,从这座古老的火山上可以俯瞰该岛背面的港口。另外还有被英国人称为"潘趣酒杯"的圆锥形山峰。舰长用略带调侃的口吻说,即使往这个巨大的酒杯中灌满白兰地或杜松子酒,"约翰牛"也会毫不客气地一饮而尽。

标准岛在瓦胡岛与莫洛凯岛之间航行。凭借左右两侧发动机的强大动力推进,标准岛仿佛是一艘巨轮在舵手的操纵下前进。当绕过瓦胡岛的东南海岬之后,这座漂浮的机器停了下来。它的排水量太大了,为了能够掉头,必须停在距离海岸线十链的地方。这是为了保证它安全转向时与陆地间的适当距离。不过机器岛并没有"抛锚"。说得更为直接一些,在几百米深的海中抛锚也不可能。况且机器岛在各种设备的操控下,可以任意前进或后退,当然也能够像夏威夷群岛的八座主要岛屿一样纹丝不动地停在那里。

“四重奏”欣赏着他们眼前绵延不断的山峦。放眼望去，尽是大片的森林、一丛丛的橙树以及其他各种具有代表性的热带植物。向西顺着暗礁狭长的缺口围成了一个面积很小的内湖，称为珍珠湖，其湖面过去是火山口。

瓦胡岛的景色十分秀美。潘希纳朝思暮想的那些吃人土著，对于这片供他们为所欲为的土地当然不会有什么可以挑剔的地方了。只要他们仍然保持着吃人的传统，“殿下”就会心满意足了。

忽然，“殿下”大叫起来：

“上帝啊！我看到了什么？”

“你到底看见什么了？”弗拉斯科兰赶忙问道。

“瞧那里……钟楼……”

“哦，真有钟楼！还有一些塔楼，还有宫殿的正墙！”伊韦尔内也朝那里望去。

“库克船长不可能是在那里被吃掉的！”

“我们肯定不在夏威夷！”佐恩耸了耸肩膀说。“舰长领错路了。”

“一定是搞错路线了！”潘希纳又气又急地说。

绝对没错！西姆科耶舰长的指挥完全正确。这里的确是瓦胡岛，而那座方圆好几平方公里的城市就是火奴鲁鲁。

啊？原来的猜想都落空了。自从伟大的英国航海家踏上这个群岛以来，这里发生了巨大的变化！传教士们曾经在这里进行过虔诚与热忱之间的竞争。卫理派、圣公会派与天主教派在此地竭力扩大各自的影响，最终教化并战胜了古老的卡纳克人的原始宗教。另外，岛上还有一些葡萄牙人。所有这些外来民族都是依靠在夏威夷群岛与欧洲之间业已建立的海上交通来到此处定居的。至于当地的土著人，尽管他们由于遭受中国传来的麻风病的侵袭而死伤大半，不过还是有一些幸存了下来，足够满足艺术家们的好奇心了。但是，吃人的那种早就绝迹了。

“噢！本地原先多美的色彩，却被现代之手从调色板上涂抹掉了！”第一小提琴发出了感叹。

是啊！时间、文明、进步，这都是自然规律，正是自然规律抹去了这种原始的色彩。尽管这确实令人遗憾，但当佐恩和同伴们乘坐标准岛的一艘电动船穿越狭长的暗礁登陆时，也只能承认这一点。

两道防波栅栏围成一个尖角，中间形成了一个港湾，四周的群山为它阻挡了狂风的袭扰。自1794年以来，抵御波涛的礁石高度上升了足有一米。尽管如此，港内依然有充足的海水，保证排水量在十八尺到二十尺之间的船能在此靠岸停泊。

“太令人失望了！太令人失望了！”潘希纳喃喃自语，“旅行中那么多美妙幻想都破灭了，真是太不幸了！”

“因此最好待在自己家里！”大提琴家又耸了耸肩膀回应他说。

“我可不这么认为！”伊韦尔内总是兴致勃勃。他接着说道，“还有什么样的景色能同这个前来拜访大洋洲群岛的人造岛相媲美啊？”

夏威夷群岛风格的改变着实令人遗憾，这使得法国艺术家们大失所望。不过它的气候依然如故，堪称太平洋海域中对人体健康最为有益的气候之一，尽管这一带地区被人们命名为“酷热之海”。没有东北信风的时候，南方的反向信风带来人们所说的库阿斯暴风雨，这一带海域的气温确实很高。但是，火奴鲁鲁的平均温度却不超过摄氏二十一度。如果人们还要抱怨这个热带边缘地区的天气糟糕的话，那可真是说不过去了。因此当地的居民从来都没有对天气表示过不满。正如上文我们交代过的，美国的患者还纷纷来这里养病呢。

不管怎样，随着“四重奏”一点一点揭开这个群岛神秘的面纱，他们原来的奇思妙想也一个接一个地破灭了。仿佛诗人米勒瓦笔下的枯叶，在深秋的寒风中坠落了。他们宣称自己受骗了，但是谁让他们自己心甘情愿来到这里呢？

“都怪卡利斯特斯·芒巴尔，那个家伙又让我们上了一当！”潘希纳忿忿不平地说。他想起来总监先生曾经告诉过他们，夏威夷群岛是太平洋上最后一个野蛮土著人的据点。

当他们对总监大加痛责的时候，后者眨了一下右眼珠，回敬他们：

“亲爱的朋友们，那你们想怎么办呢？自从我上次来此旅行之后，这里的变化大得连我自己都认不出来了！”

“你这个吹牛大王！”纳作为报复，潘希在总监鼓鼓的肚皮上用力地敲了一下。

人们可以确信这些变化产生的速度快得惊人。不久以前，夏威夷群岛于1837年建立过君主立宪的政治制度，设有上下两院。上院为贵族院，由拥有土地的少数贵族组成，任期六年；下院为平民院，组成人员是能够读写的有文化的公民，任期两年。上下两院各有二十四位议员。议员与国王的四位皇室顾问共同商讨国家大事。

“照这么说，原来应该有一个国王喽，”伊韦尔内推理着，“还是一个立宪君主。好在不是沐猴而冠，外国使者还要向它恭恭敬敬地行礼！”

“我敢肯定这位国王陛下连鼻环都不戴，”潘希纳的玩笑话又来了，“取而代之的是由新大陆最好的牙科医生为他制作的假牙！”

“呸！文明！文明！”第一小提琴手不断地重复着这个词，“这些卡纳克人根本不需要那么整齐的假牙，他们只要大口大口地把俘虏吞下去就成了！”

这几位幻想家的言辞还得请各位读者原谅！不错！火奴鲁鲁过去确实有过一位国王。至少，有过一位利留乌卡拉妮女王。不过，现在她早已退位。为保护她的儿子——阿代王子的权力，这位女王与觊觎王位的夏威夷岛凯乌拉妮公主进行过较量。总之，夏威夷群岛曾经长期处于政治动荡之中，这同美洲或欧洲许多国家的情况没什么两样，甚至看起来还有某种联系。那么夏威夷岛的军队是否强大到足以推翻女王的政权，并且把当地的反抗势力镇压下去呢？答案是否定的。夏威夷的军队当时仅仅包括二百五十名招募来的士兵，以及二百五十名志愿者。想要凭借五百人的军队来推翻一个政权是很不现实的，至少在太平洋的海域中无法办到。

但是岛上还有英国人，他们对事态的发展极为关注。从表面上看，凯乌拉妮公主得到了英国的支持。另一方面，日本政府也随时准备获得这些岛屿的保护权，而且当时在岛上的种植园里干活的大批苦力中有不少人支持日本。

那么美国人又做了些什么呢？这正是弗拉斯科兰向芒巴尔提出的问题。

“美国人？”总监回答说，“他们对这个岛的保护权毫无兴趣。只要在夏威夷群岛为太平洋沿线的美国邮船开辟一个停泊的码头，他们就满足了。”

然而事实却并非如此。1875 年，卡美哈美哈国王前往华盛顿，拜会了格兰特总统，将群岛的保护权移交给了美国。可是十七年之后，当克利夫兰总统决心帮助利留乌卡拉妮女王恢复王位时，夏威夷群岛却已经建立起了以桑福德·多尔为总统的共和政体。这一事件在两国国内均引发了强烈的反对浪潮。

既然是已经在记载人民命运的史册上确定了的事情，无论是新旧大陆的国家，任何外力都无法阻止它的进程。自 1894 年 7 月 4 日起，夏威夷群岛成为了共和国，国家元首为总统桑福德·多尔。

标准岛将要在此地停留十来天。许多居民可以趁此机会游览一下火奴鲁鲁岛的风光，在岛上四处探险。科夫莱家族与坦克登家族，以及十亿城的其他显贵们，每天都乘船去岛上参观。另一方面，虽然这是机器岛第二次出现在夏威夷地区，但当地人对它依旧赞叹不已，成群结队地来欣赏这个伟大的人造奇观。这下可把塞勒斯·比克斯塔夫麾下的那批警察忙坏了。他们必须对上岛的夏威夷人严格审查，保证在晚上规定的时间之前命令参观者全部返回原处。幸亏有这些保安措施，没有获得官方的许可，外来人员很难在“太平洋珍宝”上藏匿下来。不过这种许可很难获得批准。最后还要说明一点：标准岛与夏威夷群岛双方仅仅保持着友好的关系，并没有进行正式的外交接触。

“四重奏”在夏威夷完成了几次特别有趣的游览活动。他们对当地的土著产生了好感。这些土著人特征非常明显：棕色的皮肤，表情既温和又不失骄傲。虽然这里实行共和制，但是看得出来他们对于以前那种原始的独立性仍然十分怀念。

“我们国度里的空气是自由的！”这是他们的一句谚语，可是现在连他们自己都失去了自由。

事实上，自从卡美哈美哈征服夏威夷群岛，推翻了 1837 年所建立的君主立宪政体以来，每个岛屿都由一名特派总督管理。目前尽管实行了共和制，但整个群岛仍然被划分成若干个专区和分管区。

“我要求离开这里！”佐恩又不高兴了。

如果没有领略一下瓦胡岛的主要景点就离开，那可是大错特错了。这里的植被并不丰富，但风景依然秀美无比。海岸地区生长着椰子树和其他种类的棕榈树，还有面包树、能榨出油的三叶油桐树、蓖麻、曼佗罗、槐蓝等等。山谷中茂密的莫奈尔维亚草铺满了地面。大量高如乔木的灌木植物依靠山涧的灌溉繁衍生息：藜科灌木以及被称为哈拉派普的巨型天门冬。森林地带一直绵延至海拔两千米的山坡之上，到处都覆盖着各种木本植物，包括巨型的桃金娘和高大的酸模。数不清的蔓藤宛如大蛇一般互相缠绕着，紧紧地围绕在树枝之间。至于这里的农产品，主要是用于出口的稻米、椰子和甘蔗。各岛的产品通过频繁的航运最后都集中在火奴鲁鲁，然后发往美国。

这里动物的种类并不多。即便卡纳克人成为越来越开化的种族，但是这里的动物却一点都没有发生变化。家畜家禽中只有猪、鸡和山羊。除了寥寥几头野猪之外，没有其他的野生动物了。蚊子特别多，这一点着实令人讨厌。还有大量的蝎子以及品种繁多的无害蜥蜴。岛上从来都听不到鸟儿的鸣叫，唯一的鸟类是一种长着黄黑相间羽毛的太平洋管舌鸟。卡美哈美哈那件著名的羽毛大衣的原料就来自于这种海鸟，那可是整整花费了九代人的心血才编织而成的。

自从来到火奴鲁鲁之后，乘坐港口的小艇绕着标准岛参观的游客就络绎不绝。晴空万里之下，海面上风平浪静，此时还有什么能比在距离机器岛的钢质海岸－锚链的地方，做一次绵延二十多公里的游玩更令人愉快呢？与此同时，海关警察们正严密地监视着海上的一切活动。

在这群游人中间，有一艘小船特别引人注意。它每天都尽力在机器岛周围的海域中航行，天天如此。这是一艘马来亚双桅船，船尾呈方形。船上大概有十几个人，都听命于一个外表十分强悍的船长。尽管这条小船频繁出现确实有些可疑，但总督并没把它放在心上。事实上，这些人不停地观察着机器岛周围的环境，在岛的两个港口之间来回行驶，并且对海岸线进行测量。不过就算他们这些人确实不怀好意，区区十几个人想要对抗岛上的一万居民简直就是以卵击石。尽管双桅船白天出来活动，晚上在海上过夜，大家却并没有为此担心，因此也没有向火奴鲁鲁的海事管理局就此事提出质疑。

7 月 10 日上午，“四重奏”辞别了瓦胡岛。在强大的推进装置的作用下，标准岛拂晓时分起航了。它先在原地把岛体掉转过来，然后向西行驶，以便前往夏威夷的其他岛屿。因而，它必须斜穿过从东向西流淌的赤道洋流，并沿着群岛向北逆流而进。

应左舷区居民的要求，标准岛大胆地在莫洛凯岛与卡瓦伊岛中间行驶。卡瓦伊岛是群岛中最小的一个岛屿，岛上矗立着海拔一千八百米的尼尔哈乌火山，喷出几缕烟灰色的雾气。岛的四周环绕着珊瑚礁组成的海岸，海岸上拢起的沙丘在巨浪拍打下发出金属撞击般的回声。夜幕落下，机器岛仍处于这段狭窄的海峡之中，但只要有西姆科耶舰长的指挥，就可以高枕无忧了。当太阳最终消失在拉奈岛的群山之中时，那艘双桅船才离开了嘹望员们的视野。自从标准岛起航开始，这艘小船就一直跟在后面。不过，刚才已经说过了，何必为这么一条马来亚的小船费神呢？

次日，天刚亮的时候，双桅船已经变成了北方地平线上的一个小白点。

整整一天，机器岛都在卡鲁哈尼岛与毛伊岛之间航行。毛伊岛是夏威夷群岛中的第二大岛，首府是拉海纳。岛上有供捕鲸船停泊的港口。三千米高的哈勒哈拉有“太阳之家”的美誉，巍峨的山峰直插云霄。

随后两天，标准岛始终沿着夏威夷岛宽阔的海岸航行。正如我们所说，这座岛上的山脉是群岛中最高大的。1778 年，库克船长发现了这个群岛。为纪念英国伟大的海军大臣，他将这个岛命名为桑威奇岛。当他在凯阿拉凯夸湾登陆时，受到了当地土著人供奉神明一般的盛情接待。仅仅一年之后，即 1779 年，他却在同一地点被当地人杀死了。该岛的首府希洛位于东海岸，此时还看不到。不过，可以看到位于西海岸的凯卢。广阔的夏威夷岛上有五十七公里的铁路，主要用于运输货物。“四重奏”此时看见火车头里冒出的白烟了……

“总也少不了这玩意儿！”伊韦尔内嚷嚷着。

第二天，“太平洋珍宝”离开了这一片海域。这时候，那艘双桅船绕过了夏威夷岛的尽头。那里耸立着冒纳罗亚火山，海拔四千米的山峰高耸入云。

“受骗了！我们都受骗了！”潘希纳这时大叫起来。

“你说得对！”伊韦尔内随声附和，“如果我们早一百年来就好了。不过那样我们就没法坐着这个奇妙的机器岛来了!”

“那有什么关系！芒巴尔那个狡猾的家伙告诉我们这里有头上插着羽毛的野人，可我们看见的却是一些穿着西装和翻领衣服的土著人。难道是上帝出错了？我真怀念库克船长那个时代啊!”

“那样‘殿下’要是被野人吃了怎么办?”弗拉斯科兰故意逗他说。

“那样的话……就是真被吃了我也甘心。这辈子起码有一次别人真正看中的是我本人!”

十　穿过赤道

自从6月23日以来，太阳反过来越来越偏向于南半球了，因而必须离开那些即将遭受恶劣天气蹂躏的地区。既然太阳的运行轨道从表面上看是朝向昼夜平分线，那么最好跟着它穿越赤道。那里的气候十分宜人，尽管也有十月、十一月、十二月、一月和二月，但这些月份正是南半球最暖和的季节。夏威夷群岛与马基斯群岛之间的距离大约为三千公里，而标准岛又急着赶到那里，因此便开始全速前进。

严格意义上说，波利尼西亚正好处于这片北起赤道、南至南回归线的辽阔海域之中。五百万平方公里的区域中分布着十一个群岛，由大大小小的二百二十座岛屿组成。这些岛屿的陆地面积共有一万平方公里，其间还散落着数以千计的小岛，共同构成了海底山脉的峰顶。这些海底山脉从西北向东南方向一直延伸到马基斯群岛和皮特凯恩岛，沿途还分出一些几乎平行的支脉。

此时大家不妨发挥一下想象力。假设这么广阔的一片汪洋大海突然之间干涸了，或者被那个克莱奥法斯释放出来的瘸腿恶魔全部吸干，就像当年它把马德里城所有的屋顶都掀掉一样，那么展现在人们眼前的将会是多么神奇的景观啊！无论瑞士、挪威，还是中国的西藏，哪一个能比它更加宏伟壮观？这些海底高山大部分是火山，只有少数几座由珊瑚构成。这些珊瑚岛屿是由珊瑚虫分泌出来的石灰质和角质成分层层聚集而成。珊瑚虫是一种能够发光的海洋微生物，机体构造极为简单，却拥有强大无比的建造能力。这些岛屿中形成年代最晚的那些，仅仅在顶端覆盖着一层植物；年代最为久远的岛屿则从头到脚，全部都覆盖着各色植被，即使是由珊瑚建造的岛也是如此。由此，在太平洋神秘莫测的海底，绵延矗立着一条峰峦叠嶂的山脉。标准岛在这些山峰上方航行，仿佛一只大气球在阿尔卑斯山脉与喜马拉雅山脉上空飞行。唯一不同之处就是承接它的不再是空气，而是汪洋大海。

就像天空中存在着巨大的气流穿越其间一样，太平洋表面所形成的强大洋流从东向西涌动。从6月到10月，当太阳朝向北回归线时，深层海水中就会产生两股逆流。此外，人们在塔希提岛沿岸还可以观察到四种海潮。它们各自的满潮时间不同，结果是互相抵消，以至于在那里几乎感觉不到潮水的上涨。说到气候问题，这些群岛之间也不尽相同。高山耸立的岛屿能够挡住云层的去路，从而形成降雨；地势低矮的岛屿由于强劲的海风吹散了水蒸气而显得比较干旱。

如果在娱乐场图书馆的藏书中没有关于太平洋地区的地图，那可真是太奇怪了。而事实上，这个图书馆收藏了一整套内容详尽的太平洋地图。“四重奏”里数弗拉斯科兰最为认真严谨，他经常去翻看这些地图。伊韦尔内也看地图吗？不，他更喜欢陶醉于航行中的那些奇遇和对这个人造岛无尽的赞美之中。他可一点都不想由于这些地理概念而伤脑筋。潘希纳遇到什么事情都要拿来取乐，满脑子都是幻想。最后来说说佐恩吧。这次旅行对他来说毫无价值，由于他从心里就不愿意。

只有弗拉斯科兰一个人在钻研波利尼西亚，了解这个地区的主要群岛：低位群岛、马基斯群岛、波莫图群岛、协会群岛、库克群岛、汤加群岛、萨摩亚群岛、南方群岛、瓦利斯群岛、范宁群岛。另外还有一些单独存在的岛屿：纽埃岛、托克罗阿岛、菲尼克斯岛、马纳希基岛、复活节岛、萨拉—戈麦斯岛等等。弗拉斯科兰在研究中发现大部分岛屿的政府都控制在势力强大的首领手中，即使是那些属于他国保护领地的岛屿，首领们的权威也不容置疑，而穷人们自然得服从于富人们。他还了解到当地人传播婆罗门教、伊斯兰教、新教和天主教。不过在那些附属于法国的岛上，天主教占有绝对优势，这是由于天主教庄严宏大的宗教仪式的缘故。他甚至还了解到当地的语言一点都不复杂，总共也就十三到十七个字母。由于这种语言混杂了太多的英语成分，因此必然会被盎格鲁·撒克逊的语言同化。最后一点有些令人遗憾：从种族角度来看，波利尼西亚的人口总体呈现减少的趋势。在赤道上生活的卡纳克人（这个词的含义就是指“人”）比那些远离赤道居住的族群皮肤更加白皙，长得都很漂亮。但是，由此可见波利尼西亚的种族被外族同化的程度多高啊！一点不假！弗拉斯科兰对此十分认同。在与埃塞尔·西姆科耶舰长的交谈中，好学的音乐家又知道了许多别的事情。当法国同伴们向他请教时，他都能对答如流。

正由于这个缘故，潘希纳就只称呼他为“拉鲁斯热带词典”了。

以上介绍的便是标准岛上富庶居民将要漫步其中的主要群岛。标准岛真不愧为一个幸福之岛，它能保证任何物质幸福，从某种意义上说还包括了精神幸福，都可以得到实现。可是如今这个地方却由于敌视、猜忌、不和而处于危险之中；地位与权势的争夺把十亿城分裂成分别以杰姆·坦克登与纳特·科夫莱为首的两大阵营——即左、右舷区。这究竟是为什么呢？不过无论如何，我们的艺术家们对此毫无兴趣，反倒觉得他们之间的争斗很可笑。

杰姆·坦克登从头到脚都是一个地地道道的美国佬，性格令人讨厌，还特别自私。四方大脸，留半截子淡红色的胡须，头发剃得很短。尽管已经年届六旬，双眼仍然灵动，像狗眼睛一般发黄的虹膜映衬下的眼珠子发出炽热的目光。身材高大魁梧，四肢健壮有力，颇有些美国西部大草原上猎手的风采。不过，他的捕猎活动仅仅是把几百万头猪赶到他在芝加哥开办的屠宰场里罢了。这是一个粗鲁暴躁的人，他所处的社会地位本应该使他多少斯文一些，但事实上他连最基本的教育都没有接受过。坦克登先生总喜欢炫耀他的财富，恰好就是人们常说的那种钱多得在口袋里叮当响的人。但是，他现在似乎仍感到不满足，因此他和这一区的另外几个人打算重操旧业。

坦克登夫人是一位普普通通的美国女人，心地善良，对丈夫百依百顺。作为一位出色的母亲，她对孩子们的照顾无微不至，天生就是要抚养一大群子女的命，而且从来没有过失职的行为。既然这笔二十亿的遗产需要人来继承，那么一下子有了十二个直系继承人有何不妥呢？况且坦克登夫人把他们都调教得很好。

在这一大家子人里，或许只有长子引起了“四重奏”的注意力，而这个人注定要在我们的故事中扮演某个角色。沃尔特·坦克登外形优雅，智力一般。他的行为举止和令人产生好感的外貌说明他所继承的母亲的遗传基因要比从一家之主那里继承得多一些。这个年轻人受过良好完备的教育，曾经前往美国和欧洲各地游历。虽然有时外出旅行，但是常年在标准岛居住所养成的习惯和爱好总让他迷恋于岛上那种诱人的生活环境。他擅长体育，在各项比赛中，包括网球、马球、高尔夫球以及板球，他都能在十亿城所有年轻人里独占鳌头。不过，他对于有朝一日将要继承的家族财产并不感到骄傲。尽管有一副慈悲心肠，但这个根本不存在贫穷的机器岛却没有给他表现的机会。总之，希望他的那些弟弟、妹妹们也能和他一样。这些孩子目前离结婚的年纪还差得很远，可是他们的兄长已经快三十岁了，也该考虑考虑终身大事了。难道他不想结婚吗？各位接着往下看吧。

左舷区的首富坦克登家族与右舷区声望最高的科夫莱家族，二者之间真可谓是天壤之别。纳特·科夫莱比他的对手要文雅得多，表现出他的法兰西祖先的风范。他的财富并非靠着开采地下的石油或者从冒着热气的猪内脏中获得。绝不是这样！他的发财之路是创办实业、修建铁路和创建银行。对他来说，只是想要在清静的生活中享用他的财富，对这一点他从来都不掩饰。因而，他反对任何把“太平洋珍宝”改造成一座巨型工厂或贸易商行的企图。科夫莱先生身材高大匀称，灰白的头发盖在他漂亮的脑袋上面。他留着一副大胡子，栗色的胡须中掺杂着几根银丝。这位法国后裔性格冷静，仪态高贵，在十亿城那些保留着美国南部上流社会传统的显贵中占据着首位。他爱好艺术，精通绘画和音乐，通常说一口右舷区居民普遍使用的法语，对美国和欧洲的文学十分了解。每当有精彩的演出时，在来自美国偏远的西部和新英格兰地区那些人粗野的叫好声中，往往夹杂着他得体的掌声与喝彩。

科夫莱夫人比他的丈夫小十岁，不过也已经过了四十大关了，对此她并不十分在意。这是一个美丽而高贵的女人，出身于路易斯安那州早期具有一半克里奥尔血统的家庭。她本身就是一位音乐家，弹得一手好钢琴，即便是20世纪的雷耶也会因此对十亿城的钢琴演奏水平表示赞许。她的住所位于第十五大街，四重奏已经造访过好几回了，还同女主人一起演奏了乐曲。他们对后者的艺术才能由衷地表示赞许。

科夫莱先生虽然同样腰缠万贯，但他可不像坦克登那样总喜欢自我炫耀。不过老天爷赐给科夫莱家族的福气并没有像给坦克登家族的那么多，如此庞大的家产却只有三个女儿作为继承人。好在这三个女儿都长得楚楚动人。等到她们到了谈婚论嫁的年纪，世界上肯定会有相当多的贵族和巨贾来向她们求婚。不过要是在美国，这种多得无法想象的嫁妆并不罕见。据说几年前有一位特丽小姐，自从她两岁起，就有许多人为了她价值七亿五千万的陪嫁品而争先恐后地上门提亲。真心祝愿这个孩子能够找到如意郎君，在她有幸成为美国最富有的女人之一的同时，也能够成为最幸福的女人。

科夫莱夫妇的长女名字叫迪亚娜，不过大家都愿意亲切地称她迪。这个姑娘芳龄刚好二十，长得非常漂亮，集中了她的父母在身体与精神两个方面的优点。她有一对美丽的蓝眼睛，介于栗色与金色之间的一头秀发为她增添了不少动人之处；细嫩的皮肤宛如初绽的玫瑰花瓣；身段优美修长。现在读者可以理解为何十亿城的小伙子们如此关注科夫莱小姐了，他们绝不会允许外来者对这个无价之宝存有丝毫觊觎之心，因此说“无价之宝”这个字眼用在这里再恰当不过了。甚至有理由认为只要某个男人能保证他女儿幸福，即使宗教信仰不同，科夫莱也不会阻止他们结合的。

事实上，社会上的对抗导致标准岛上地位最高的两个家族互相敌视，这确实令人遗憾。沃尔特·坦克登和迪·科夫莱原本会成为多么完美的一对啊！

但是，这样的结合连想都不要去想……即便是把标准岛一分为二，一半属于左舷区，一半属于右舷区，然后分道扬镳，这门亲事也不会成为现实！

“除非在里面掺进去爱情的因素！”芒巴尔总监偶尔会眨眨他那金丝边眼镜后的眼睛说道。

不过，沃尔特·坦克登仿佛对迪·科夫莱没有什么特别的好感，反过来科夫莱小姐也是如此。换句话说，双方至少都尽力保持某种矜持，这令十亿城上流社会中那些好奇心特别重的人大为失望。

机器岛差不多是顺着西经一百六十度线继续向南朝赤道航行。它面前的这片太平洋最为宽广的海域中既没有大岛屿，也没有小孤岛，海水深度可达两法里。7 月 25 日这一天，机器岛通过了贝尔纳普海沟。岛上的探测器从这个六千米的深渊里打捞起极为罕见的贝类或植虫类生物。这些生物居然能够在相当于六百个大气压的深海中生存，简直不可思议。

五天之后，标准岛进入一个属于英国的群岛，尽管有时人们称它为亚美利加群岛。此后，标准岛又经过了巴尔米拉环礁石和圣卡伦岛，到达了距离范宁群岛五英里的地方。范宁群岛是这片海域最大的群岛，同时也是此地数量众多的盛产海鸟粪的岛屿之一。另外，这些岛屿上植被很少，显得光秃秃的，因而联合王国直到现在也没有从这里得到什么好处。但是大英帝国的一只脚已经踩在了这片土地上。众所周知，凡是大英帝国留下足迹的地方，这种足迹通常是擦不掉的。

每天，当同伴们到公园或周围的田野中散步的时候，弗拉斯科兰却来到船舻炮台，他对于这次航行中的任何细节都非常感兴趣。他在那里经常能遇到埃塞尔·西姆科耶舰长，后者十分乐意为他讲解这片海域中的那些奇特现象。如果第二小提琴手认为其中有一些有趣的事情，他还会记得转告同伴们。

例如，7 月 30 日到 31 日的那个夜晚，大自然为他们无偿上演了一番奇异景观，令他们不能不对此表达出赞叹之情。

下午时分，瞭望员刚刚报告说海上出现了一大群水母，足足覆盖了好几千平方米的水面。标准岛的居民在此之前还没有机会看到数量如此庞大的水母，某些博物学家为这种海洋生物冠以“大洋虫”的名字。这种动物是一种原始生命体，仅仅依靠吸食海水中的植物来维持它们半球形状的躯体生存。无论多么贪吃的鱼类，都把它们看作是一些花朵，没有任何鱼类愿意将它们作为食物来品尝。这种太平洋热带水域特有的水母外形酷似色彩斑斓的雨伞，通体透明，四周长满了触须。它们的身长不会超过两到三厘米。由此可见，组成如此庞大的水母群，肯定需要数十亿只水母个体了！

潘希纳听到这么一个数字时不禁感言道：

“对于它们的数量，十亿城的那些富豪们不会感到吃惊的，本来在这里十亿就是一个常用的数量单位。”

天完全黑了下来。一部分居民赶往前甲板，即船舻炮台上方的一个平台。电车里挤满了人，电动汽车里也全都是好奇的人。华丽的私人轿车载着城里的显贵们也赶了过来。科夫莱家族与坦克登家族并排而行，双方之间始终保持着一段距离。杰姆先生不向纳特先生问好，纳特先生也不向杰姆先生打招呼。同时，他们都是全家出动。伊韦尔内和潘希纳十分乐意同科夫莱夫人以及她的女儿聊天，后者总是对两位艺术家表示最热情的欢迎。沃尔特·坦克登或许会由于不能加入他们的谈话而稍许感到懊恼，而迪小姐也可能很愿意和小伙子说说话。上帝啊！如果真这么做了，那么准会谣言四起！《右舷新闻》或者《新先驱》的社会新闻版肯定会捕风捉影，就此进行无端的猜测。

当夜幕完全落下时，热带地区的夜空中繁星闪烁，甚至照亮了太平洋最深处的海底。一望无垠的海面上泛起点点磷光，反射出粉色与蓝色的光线。不过，这并不同于刀锋上的寒光，而更像数不清的萤火虫在飞舞闪烁。这种磷光变得十分强烈，仿佛从遥远的地方看到的北极光一样。据说，这是由于白天的时候太平洋把太阳的光芒溶解到了水里，到了晚上又把它们释放出来。

标准岛的前端很快冲进了水母群，沿着金属岛岸将其一分为二。几小时中，这些夜光虫环绕在机器岛的周围，而它们所发出的光线并没有减弱。机器岛好似戴上了圣像画中圣人与圣女头顶的光轮，那也是围绕在耶稣基督四周的圣光。这一奇观一直持续到拂晓时分，第一缕晨曦将这些光芒掩盖了下去。

六天之后，“太平洋珍宝”靠近了赤道，这是人们凭借想象绘制在地图上，将我们的地球分成对等的两个部分的一条中心线。人们从此处能够同时观赏到苍穹的两极，北边闪烁着北极星，南边则点缀着宛如勋章的南十字星。应该补充一点：从赤道线上的任何一点望去，星辰们仿佛每天都在它的垂直方向升起和落下。如果您想要体验昼夜平分的日子，那最好把家搬到这片被赤道横穿的岛屿和陆地上来。

自从离开了夏威夷群岛，标准岛已经航行了大约六百多公里。这是自这个人造岛诞生以来，第二次穿越赤道，从一个半球前往另一个半球。首先是南下，然后再北上。通过赤道的那个时刻到来之际，十亿城的居民会举行庆祝活动。到时人们将在公园里举办公共娱乐活动，礼拜堂和教堂里也会有宗教仪式，还有环岛电动轿车比赛。天文台的塔顶平台将燃放焰火，火箭、蛇火花以及五颜六色的礼花弹将和天空中的星辰争辉。

说到这里，想必读者会猜到这其实是一种有趣的祭祀活动，模仿船只抵达赤道时的一种洗礼仪式。在玛德莱娜湾出发那天出生的孩子也总是在这一刻举行洗礼。甚至对于那些没有到过南半球的外来客人，也要接受这种仪式。

“这回轮到我们喽!”弗拉斯科兰对伙伴们说，“我们将接受这种洗礼!”

“这太不像话了!”佐恩愤愤不平，做手势表示抗议。

“是轮到我们了，亲爱的大提琴手!”潘希纳似乎有意想激怒他，“他们会把一桶一桶的水浇到你的头上。注意，这可不是什么圣水！还要命令我们坐在来回摇晃的板子上，突然会把我们推到水池里去。‘热带老人’不会错过这个时刻，到时他将领着一帮子小丑出场。他们将会用墨水把我们的脸涂成大花脸!”

“他们休想！我绝不会任由他们耍这种把戏胡作非为!”

“最好依着他们，”伊韦尔内说道，“每个国家都有自己的风俗，我们这些客人当然要入乡随俗……”

“被强留的客人可不算数!”不肯妥协的“四重奏”首领高声叫嚷起来。

其实，对这种某些船只通过赤道时举行的狂欢仪式，佐恩先生尽管放心吧！他不必担心热带老人会出来跟他胡闹！迎接他们的并不是海水，而是上乘的香槟酒。人们也没有事先在望远镜的镜片上画出一条线，以此来欺骗他们说是赤道。那都是甲板上的水手们搞出来的恶作剧，标准岛上的正经人可不会这么做。

8 月 5 日下午，庆祝活动开始了。除了海关官员们从来都不可以擅离岗位，其他职员都放假了。城市与海港的一切工作都暂时停了下来，那些发动机也不再运转了。不过蓄电池储存着足够用于电力照明和通讯的能量。再说标准岛也并未因此而停泊，洋流推着它继续朝两个半球的分界线前进。礼拜堂和圣玛丽教堂中传出唱诗班悠扬的歌声和教徒们的祈祷声，管风琴则全力为他们伴奏。公园里到处是一片欢腾的景象，各种体育比赛在热闹地进行着，不同阶层的人都参与其中。以沃尔特·坦克登为首的最富有的绅士们有的在玩高尔夫，有的在打网球，大家的表现都很出色。太阳将会垂直落在地平线以下，留下仅仅四十分钟的黄昏。那时焰火将穿破天际，无月的夜晚正好衬托出这华美壮丽的一幕。

“四重奏”正在娱乐场的大厅中接受“洗礼”。正如他们自己认为的那样，塞勒斯·比克斯塔夫总督亲自为他们“施洗”。总督先生为他们奉上冒着气泡的大酒杯，里面斟满了香槟。四位艺术家颇具克利科与勒德雷尔的风范，将美酒一饮而尽。佐恩的嘴唇上沾的不是那种在他出生洗礼时尝到的咸咸的圣水，而是甘甜的佳酿。如果现在他还对这场洗礼有所不满的话，那就难免说不过去了。

巴黎人为了对这种盛情款待表示谢意，演奏了节目单上他们最拿手的曲子：F 长调第七弦乐四重奏，贝多芬第五十九号作品；降 E 长调第四弦乐四重奏，莫扎特第十号作品；D 短调弦乐四重奏，海顿第十七号作品；门德尔松第八十一号作品，第七弦乐四重奏：行板、诙谐曲、幻想曲及赋格曲。太美妙了！他们将这些作品毫无保留地全部奉献给了听众。既然说是“奉献”，自然就不需要买票了。可想而知此时大厅里面是多么的拥挤，甚至连门都要挤破了。应观众的要求，“四重奏”又演奏了第二遍、第三遍。演出结束时，总督授予他们一块镶嵌着许多重达好几克拉的钻石的金牌，金牌的一面刻有十亿城的徽章，另一面则用法语刻着两行字：

献给“四重奏”

标准岛公司、市政府与全体居民赠

如果这种荣誉还不能从心里打动固执的大提琴家，那么他的脾气肯定算坏到了极点。他的同伴们也总是这么说。

“走着瞧吧！”佐恩始终就这么一句话，同时激动地捻着胡须。

十一 马基斯群岛

8 月 29 日清晨，“太平洋珍宝”到达了位于南纬七度五十五分到十度三十分、西经一百四十一度到一百四十三度六分之间的马基斯群岛。自从离开夏威夷群岛以来，标准岛已航行了三千五百公里。

这个群岛又名门达纳群岛，由于它的南部是西班牙人门达纳于 1595 年发现的。它还有一个名字叫革命群岛，由于它的西北部分是法国船长马尔尚于 1791 年发现的。另外，它还被称为努卡—希瓦群岛，这是根据群岛中最大岛屿的名字得来的。最后，如果为了公平起见，它还应该叫做库克群岛。1774 年，这位著名的航海家曾经在这里进行过探险。

埃塞尔·西姆科耶舰长为弗拉斯科兰作了上述讲解，后者也很认同舰长的观点，并且补充说：

“我看也可以称它为法兰西群岛，由于我们在马基斯群岛感觉似乎回到了法国。”

的确，法国人完全可以把这个由十一座大小岛屿组成的群岛看成是一支驻扎在太平洋中的法国舰队。最大的一流“主力舰”是努卡—希瓦岛和希瓦瓦岛；中等的是各种“巡洋舰”，包括夏乌岛、瓦普岛和沃卡岛；最小的“护卫舰”是莫塔那岛、法图伊瓦岛和塔乌—阿塔岛。此外，那些零星小岛或环礁岛则算是舰队中的侦察小艇了。不过，这支“舰队”却不能像标准岛一样自由移动。

1842 年 5 月 1 日，法国太平洋舰队的司令官迪珀蒂—图阿尔海军准将以法兰西国家的名义占领了马基斯群岛。这个群岛与美国海岸、新西兰、澳大利亚、中国、摩鹿加群岛以及菲律宾群岛的距离差不多都是一千到两千法里。在这种情况下，海军准将的行动是值得赞赏，还是应该受到指责呢？当时政府中的反对派对他大加斥责，但政府方面对此却十分赞许。不管怎么说，法国在太平洋中有了一块岛屿领地，法国的远洋渔船可以在此停泊和补充给养。万一巴拿马运河通航了，这个群岛对于法国的海上贸易将具有重大的现实意义。同时，这块领地还应该得到扩充。既然波莫图群岛和协会群岛是马基斯群岛天然的延伸部分，那么对上述两个群岛的占领或宣布对它们进行保护也很有必要。英国的势力范围已经扩张到了太平洋的西北海域。法国为了维持势力均衡，自然应当在太平洋的东南海域扩展自己的势力范围。

“那我们国家在这里有驻军吗？”弗拉斯科兰向他那位热心的导游提问。

“1859 年以前，努卡—希瓦岛上驻扎有一支海军部队。自从这批军人撤走以后，保卫法兰西旗帜的任务就交给了传教士们。他们是不会轻易将领地拱手送人的。”西姆科耶舰长回答说。

“那目前情况如何呢？”

“目前法国政府在塔约—哈埃只有一名外交代表，外加几个宪兵和土著士兵，他们由一位军官指挥，这名军官还兼任本地的治安审理官。”

“负责审理当地人的诉讼？”

“包括当地人和外来移民。”

“那就是说努卡—希瓦岛上还有移民？”

“是的，有二十四个移民。”

“连组成一支交响乐队或管乐队都不够，勉强凑成一支军乐队还可以！”

马基斯群岛长一百九十五英里、宽四十八英里，面积共有一万三千平方公里。岛上的原住民近二万四千人。因此，移民与当地居民的比例是一比一千。

如果在南北美洲之间开辟出新的交通线，马基斯岛上的人口就一定会增加吗？将来的事情只有到了将来才知道。不过，由于 8 月 5 日晚从遇难的双桅船上救起那几个马来人，标准岛的人口这几天有所增长。

这些马来人加上他们的船长一共十一个人。船长面相凶悍，上文对此已经有所交代。他四十岁开外，名字叫作萨洛尔。水手们都是些体格健壮的小伙子，看得出是来自于马来亚最西部的那些岛屿。三个月前，这个萨洛尔船长带领他们将一船干椰肉运到了火奴鲁鲁，当时标准岛正在那里做十天的停留。这个人造岛让它经过的所有群岛上的居民都感到十分好奇，这些马来人也不例外。虽然他们没能亲自上岛参观——获得上岛的许可太困难了，不过大家肯定还记得这艘双桅小船经常离开港口，在距离标准岛半链的海面上来回游弋，目的就是为了尽可能近距离地观察它。这只船反复地出现没有引起任何怀疑。在西姆科耶舰长指挥标准岛从火奴鲁鲁起航后，仅仅几个小时，这只小船也离开了火奴鲁鲁。即使如此，也没有任何人对此感到不安。诚然，对于这么一艘重仅百吨左右，乘员也就十一个人的小船何必大惊小怪呢？确实没有必要，不过这种看法或许是个错误。

就在炮声引起右舷港官员注意的时候，双桅船距离港口只有两到三英里远了。派出的救援艇赶到时，正好来得及把船长和他的水手们救上来。

这些马来人说着一口流利的英语。西太平洋地区的土著居民英语说得好并不值得惊讶。上文我们已经有所交代，英国的势力在那里占有绝对的优势。因而，大家知道了他们在海上遇险的整个经过。如果救援艇晚到几分钟，这十一个马来人恐怕就要葬身于太平洋的深渊之中了。

据他们的描述，二十四小时之前，即 8 月 4 日到 5 日夜间，双桅船撞上了一艘正在全速航行的汽船。尽管双桅船上打开了船灯，但汽船并没有发现他们。碰撞发生之后，汽船继续航行，由此可见事故对它的影响微乎其微。不过汽船很可能是为了“避免昂贵的与令人不快的事故赔偿”，因此才开足马力逃离现场。不幸的是这种事情并不少见。

这次撞击对于一艘大吨位、金属船身，而且还是在高速行驶中的轮船来说确实没有什么损伤。不过落到这艘马来亚小船上可就完全是两回事了。它的前桅杆被拦腰折断，但无法解释的是如此严重的损伤却没有立即使它沉没，它居然在与海面几乎持平的状态下撑住了，而船员们则都爬到了船舷上等待救援。要是当时海面波涛汹涌，船在风浪中颠簸，那么这些人就一个都无法逃生。他们真走运，洋流的方向正好向东，拉近了他们与标准岛之间的距离。

尽管如此，舰长还是询问了萨洛尔船长事情的经过。当听说已经处于半沉没状态的双桅船竟然坚持到能够望见右舷港时才沉没，这让舰长惊诧不已。

“我也很纳闷儿，”马来人回答说，“或许是由于贵岛二十四小时以来没走出多远的缘故吧。”

“这是唯一可能的解释了，”西姆科耶舰长表示接受，“这些都无关紧要，最重要的是你们得救了。”

“而且还非常及时。救援艇载着我们刚开出四分之一英里，我们的那艘小船就沉没了。”

起初，萨洛尔船长向实施救援行动的右舷港官员这样叙述了遇难的经过，后来又把事情的来龙去脉分别讲给了西姆科耶舰长和塞勒斯·比克斯塔夫总督听。从他的讲述中，人们得知在他们最危急的时候，标准岛拯救了他们。

现在的问题是如何把这些遇险的人送回去。当撞船发生时，他们正向新赫布里底群岛方向行驶。朝着东南方向航行的标准岛不可能改变它的航线而掉头往西。塞勒斯·比克斯塔夫因此提议把他们送到努卡—希瓦岛上去。马来人可以在那里等着搭乘前往新赫布里底的商船。

萨洛尔船长和他的水手们面面相觑，样子看起来很沮丧。他们连船带货都没有了，对于总督的建议，这些无依无靠的可怜人感到很痛苦。在马基斯群岛等待，那可不知道要等到什么时候才能搭上船，再说他们靠什么生活呢？

“总督先生，”船长哀求着说，“您救了我们的命，我们真不知道该如何感激您的恩情……但是我们还是要请求您为我们提供更好的条件，保证我们顺利的回家。”

“那该怎么办呢？”塞勒斯·比克斯塔夫问道。

“在火奴鲁鲁的时候，据说标准岛朝南方海域航行，将要造访马基斯群岛、波莫图群岛和协会群岛，然后转向太平洋西部……”

“的确如此，”总督回答他说，“而且很可能还要前往斐济群岛，然后返回玛德莱娜湾。”

“斐济群岛，”船长重复了一句，“那是属于英国的地方，我们在那里应该很容易找到办法去新赫布里底。况且斐济距离新赫布里底也不远。如果您愿意一直把我们送到那里去的话……”

“对于这个问题，我不能答应你们的请求，”总督表示拒绝，“我们这里是禁止搭载外来人的。等到了努卡—希瓦岛再说吧。我将通过电话与玛德莱娜湾行政当局联系，把这件事情通报给他们。如果他们同意，我们才能把你们一直送到斐济去。你们从那里回去确实更方便些。”

上面所说的就是这些马来人如何能在标准岛上安顿下来的原因了。因此当8月29日标准岛到达马基斯群岛的时候，他们这些人还待在岛上。

马基斯群岛位于信风带，它的地质构造与波莫图群岛和协会群岛一样。信风在这些岛屿上吹拂，这里温度适宜，气候对健康很有益处。

8月29日清晨时分，西姆科耶舰长指挥标准岛开始通过马基斯群岛西北部分的那些岛屿。首先出现的是一个沙质的环岛，地图上指示为珊瑚小岛。海浪在洋流的作用下，猛烈地冲击着这个小岛。

标准岛继续行驶，将这个珊瑚小岛抛到了左舷的后面。瞭望员很快就发现了群岛中的第一个岛屿：费图乌岛。这座岛的地势十分险峻，四周尽是四百米高的悬崖峭壁。紧接着出现的是最高点海拔可达六百米的夏乌岛。在贴近标准岛的这一边，显得很荒凉；而岛的另一边呈现出的却是一派葱翠鲜绿，并且还有两个可以停靠小船的小海湾。

弗拉斯科兰、伊韦尔内和潘希纳把总是坏脾气的佐恩一个人丢下。他们三个登上了天文台的塔楼，与西姆科耶舰长以及他的好几位下属一起欣赏风景。夏乌岛的名字使“殿下”兴奋起来，他又开始胡说八道了，这一点并不令人感到意外。

“住在这个岛上的肯定是一群猫，它们的头是一只雄猫。”潘希纳发表他的“高见”。

夏乌岛从左舷过去了。标准岛不应该在此停留，而要向群岛中最大的岛屿航行。这座岛的名字上文已经提到，神奇的标准岛将在那里临时停靠一段时间。

第二天，即8月30日，天刚蒙蒙亮，巴黎人就又来到了塔楼上。昨天晚上，他们已经见识过了努卡—希瓦岛高大的雄姿。天气晴朗的时候，群岛上的山脉在十八到二十法里远的地方都可以看得一清二楚。某些山峰的海拔超过了一千二百米，看上去仿佛是沿着岛体隆起的巨大脊梁。

“请各位注意整个群岛有一个共同的特点，”西姆科耶舰长对他的客人们介绍说，“这些山峰的顶端全都是光秃秃的，至少在这个地区是非常奇特的现象。但在山腰以下的地方植被却很茂盛，生长在沟壑与山谷的深处，并且将它们繁密的枝叶一直蔓延到海边的白色沙滩上。”

“不过，努卡—希瓦岛仿佛是个例外，”弗拉斯科兰提醒舰长说。“至少关于从山腰开始生长植物这一点，对它不太适用。它看起来完全是荒芜的……”

“这是由于我们是从它的西北面进行观察的，”西姆科耶舰长解释说，“但等我们转到它的南面时，情形就会截然不同了，那时您一定会感到吃惊的。到处都是绿油油的平原、森林，还有落差达到三百米的瀑布。”

“哦!”潘希纳惊呼道，“那简直就是从埃菲尔铁塔顶上倾泻下来的一股大水啊！真是值得一看！尼亚加拉大瀑布也没有这么壮观……”

“胡说!”弗拉斯科兰反驳他，“尼亚加拉大瀑布的长度弥补了它高度上的差距，它从美国一侧一直流向加拿大一侧，落差足足有九百米！潘希纳，你应该很清楚这一点，我们以前去参观过。”

“哦！你说得对，我向尼亚加拉大瀑布表示歉意!”“殿下”承认了错误。

这一天，标准岛在距离努卡—希瓦岛岸边一英里的海面航行。眼前出现的总是寸草不生的斜坡，这种地貌一直延伸到岛上的托维高地。连绵不绝的悬崖峭壁似乎没有尽头。但是根据航海家布朗的观点，岛上存在着一些很好的锚地。事实上，他的话后来得到了证实。

总之，努卡—希瓦岛尽管名字会使人联想到优美的风光，实际上却相当的凄凉。不过，当法国航海家迪蒙·迪维尔率领船队在南极和大洋州探险的时候，他的两位同伴迪穆兰和德格拉这样记述道：“这里全部的自然美景都隐藏在海湾之内，只有在岛中央那些由山脉的分支所形成的山谷沟壑之中才能发现它们。”

标准岛沿着荒芜的岛岸航行，绕过了一个向西突出的尖角，随后对航向稍微做了些调整，并且降低了右舷发动机的马力。现在，它开始通过由俄罗斯航海家克鲁森斯特恩命名的奇察科夫角了。此时，海岸向内凹陷，形成了一个长长的弓形。在这个弓形的中间是一个狭窄的入口，通向塔约港，或称为阿卡尼港。这是此处众多港湾中能够躲避太平洋上最为猛烈风暴的一个小海湾。

西姆科耶舰长没有下达停止前进的命令。南面还有两处海湾：一个是位于中部的安娜·玛利亚湾，或称为塔约—哈埃湾；另一个是位于岛的东南端马丁海岬背面的审计官湾，也称为塔伊皮人湾。标准岛将要在塔约—哈埃湾停泊十二天。

探测器显示努卡—希瓦岛沿岸附近海水很深，港口附近就可以达到四十到五十寻的深度，完全能够下锚。因而，标准岛可以轻而易举地向塔约-哈埃港靠近。8 月 31 日下午，标准岛在此停泊。

正当大家看见港口的时候，从右侧传来了一阵轰鸣声，随即从东面的悬崖上升起了滚滚烟雾。

“啊!”潘希纳兴奋地喊着，“他们在鸣炮欢迎我们!”

“不是这样，”西姆科耶舰长否定了他的说法，“这个岛上的两个主要部落是塔伊族和哈帕族。这两个部落甚至连礼炮都没有。您所听到的声音，其实是巨浪冲进马丁海岬中部海岸的一个大岩洞里发出的撞击声。至于那些烟雾，只不过是飞溅到岩洞外面的浪花罢了。”

“真是太遗憾了，”“殿下”失望地说，“如果是礼炮声，那就等于是向我们脱帽致意了。”

努卡—希瓦岛拥有好几个名字，或者可以说是好几个“教名”，都是它不同的“教父”给取的名字：英格拉哈姆称它为联邦岛；马尔尚则叫它美丽岛；赫格特给它取名为亨利·马丁爵士岛；罗伯茨取的是亚当岛；还有波特称之为麦迪逊岛。这座岛屿东西纵横十七英里，南北横贯十英里，方圆大约五十四英里。这里气候宜人，温度与一般的热带地区持平，而信风使这里显得温和适中。

标准岛在这个锚地停泊完全不必担心狂风暴雨的袭击，由于目前正值四月到十月之间这段时期，此时控制该地区的是从东向东南吹的干燥风，当地人称其为图阿图卡风。这里最热的月份是十月，而十一月和十二月最为干旱。此后，从四月到十月，总是刮从东一直吹到东北的信风了。

说到马基斯群岛上的人口，最早发现它的那些先辈们曾经夸口说这里有十万居民。

埃利泽·勒克吕根据一些详实资料，推算出群岛上的全部人口不会超过六千人，其中绝大部分集中在努卡—希瓦岛。在迪蒙·迪维尔时代，岛上的人口可能增加到八千人，分成塔伊族、哈帕族、塔约纳族和塔伊皮族几个部落。不过后来人口的数量却不断地减少。原因何在呢？战争造成了当地人大批死亡，奴隶贸易把大量青壮男子劫掠到秘鲁的种植园中劳作，还有由于酗酒造成死亡的。最后一点，为何不承认呢？就是对群岛的征服。说得坦率一些，那些属于文明种族的征服者们所带来的一切灾难导致了这个可怕的后果。

在标准岛停泊的这一周里，十亿城的居民多次来到努卡—希瓦岛上参观游览。经总督塞勒斯·比克斯塔夫批准，努卡—希瓦岛上那些地位显赫的欧洲人可以自由进入标准岛进行回访。

佐恩和他的同伴们在努卡—希瓦岛上完成了几次远足活动，尽管十分疲惫，但从中获得的快乐使他们认为非常值得。

塔约—哈埃湾呈圆形，缺口的地方是狭窄的入港口。庞大的标准岛无法在这个小港湾内停泊。而且海湾里还有两片沙滩将其一分为二，这样就更容纳不下机器岛了。这两片沙滩被一座光秃秃的峭壁隔开，在这里可以找到 1812 年美国人波特所修建的堡垒的遗迹。当时这个海员征服了该岛，因此沙滩的东部就成了美国的地盘。不过，这一行动并没有经过联邦政府的授权。

那么岛上有没有城市呢？巴黎人在对面的海滩上只找到了一个小村庄，而马基斯群岛上大部分的居民都散居在树下简陋的窝棚里。不过，那里的山谷优美的风光无与伦比，尤其是塔约·哈埃的山谷，更加受到努卡—希瓦人的青睐，他们都选择在这里安家！茂密的森林中生长着椰子树、香蕉树、大麻黄、番石榴树、面包树、木槿，以及其他多种生机勃勃的树种。当人们漫步于其中时，定会感到无限的愉悦。我们的四位法国来访者在当地人简陋的小屋里受到了盛情款待。如果时光倒流一百年，恐怕他们早就被活剥生吞了。如今，他们却可以享用香蕉和蜜糖做成的煎饼，尽情地吃着面包果和黄色的山芋。这种山芋新鲜的时候味道很甜，放置时间稍长就变成了微微的酸味。另外，他们还尝到了箭根薯可以食用的根部。不过当热情好客的土著人为他们奉上一种通常生吃的大鳐鱼（当地人称之为“哈瓦鱼”）和鲨鱼的脊背肉（腐烂的时候更为可口）时，“四重奏”婉言谢绝了，一口都没有碰。

阿塔纳斯·多雷米有时陪着他们一起散步。这位老好人去年曾经来过此地，因此很乐意为四位新客人充当向导。但是，他对自然史和植物学几乎是一窍不通，很可能会把果实与苹果相像的槟榔青与真正的露兜树、木质坚硬如铁的大麻黄、树皮被当地人作为衣料的木槿以及佛罗里达栀子树等迥异的植物混为一谈！“四重奏”其实不必求助于他那些靠不住的知识。他们在马基斯群岛的植物中发现了品质优良的蕨类、上等的水龙骨、开着红色和白色花朵的中国蔷薇，还有不同种类的禾本植物、茄科植物，以及烟草和紫色花瓣的唇形花，努卡—希瓦岛上的年轻人特别喜欢用这种花来制作装饰品。这里还生长着十几尺高的蓖麻、龙血树、甘蔗、橙树，而柠檬树则是刚刚引进不久。这里属于热带气候，夏季的火热温度和高山上流淌下来的多条溪流的灌溉，使得这个新树种在这片土地上顺利地扎下了根。一天早上，“四重奏”离开了塔伊人的村子，顺着一条急流向上攀登，一直登上了群山的顶端。当他们俯瞰塔伊人、塔伊皮人和哈帕人居住的山谷时，不由自主地发出了一声赞叹！如果他们身边带着乐器的话，肯定会禁不住即兴演奏一支抒情名曲，这样才配得上出自于大自然之手的壮美奇观！而他们的听众大概仅仅是几对鸟儿！尽管如此，飞翔在高山周围咕咕啼叫的鸽子是多么美丽啊！金丝燕那小巧的身姿是多么迷人啊！蒙鸟扇动着一双翅膀在空中任意翱翔，它可是努卡—希瓦港湾中的常客！

此外，不必担心森林深处会有什么毒蛇恶虫。对于那种二尺左右长的小蟒蛇根本不用放在心上，由于它与普通的水蛇一样不会伤人。而长着像花朵一样蓝色尾巴的蜥蜴也是如此。

岛上的当地人长相十分独特，带有亚洲人的特征，这一点说明他们与大洋洲其他部落有着不同的祖先。这些人身材中等，体型十分匀称，肌肉发达，胸膛也很宽阔。他们的四肢纤细，长着椭圆形的脸庞，前额突起；眼睛是黑色的，睫毛很长，鹰钩鼻，牙齿洁白整齐；皮肤既不太红也不太黑，类似于阿拉伯人的茶褐色；脸上的表情显得既快乐又温柔。

文身的习俗在这里几乎完全销声匿迹。即使过去，他们也不是在皮肤上刺青，而是把油桐木烧制成碳，然后用燃烧着的碳木在身上烫出“花纹”。如今，它已被传教士带来的棉布所替代。

“这些人长得很美，”伊韦尔内夸奖说，“但还是比不上他们系着缠腰布、留着光头，引弓射箭的那个时代！”

伊韦尔内说这话的时候，他们正和塞勒斯·比克斯塔夫总督一起游览“审计官湾”。总督十分愿意带领他的客人们来参观这个被分割成好几个港口的海湾，风格很像瓦莱塔。这个地区聚居着哈帕族人，他们生活在一片沃野的出口处，一条来自于喧嚣瀑布的小河滋润着这片肥沃的土地。此地正是当年美国人波特与当地土著人激战的主要战场。

伊韦尔内发表完了刚才的观点之后，等着总督作出解释，后者是这样对他说的：

“伊韦尔内先生，您说得不无道理。马基斯的土著人如果围着色彩艳丽的缠腰布，戴着一种叫作‘阿胡本’的披肩随风飘扬，再加上一件叫作‘迪皮塔’的墨西哥式斗篷，那确实会显得神气许多！现代服装穿在他们身上完全不合适！可事实如此，又能有什么办法呢？穿戴得体就是文明的结果！我们的传教士在教化土著人的同时，还鼓励他们穿戴要更加符合文明的标准。”

“总督先生，难道他们接受文明有什么不妥吗？”

“从礼仪角度看，完全正确！但如果考虑到卫生健康，则是错误的！自从他们开始穿戴得比以前更加文明，努卡—希瓦人和其他岛上的居民就失去了他们原先拥有的那种天生的活力，而他们快乐的天性也就此泯灭了。他们开始烦恼郁闷起来，健康也受到了损害。他们过去根本不知道什么是支气管炎、肺炎、肺结核……”

“也就是说从他们不再赤身裸体开始，就染上了感冒……”潘希纳大声嚷嚷。

“情况的确如此！这便是造成种族衰败的一个重要原因。”

“由此我得出的结论是：亚当与夏娃自从被赶出了伊甸园以后，只是从穿上裤子和裙子的那一天才开始打喷嚏的，”“殿下”把话头接了过去，“而我们作为他们衰弱的后代，从他们那里继承来的就是肺炎了！”

“总督先生，”伊韦尔内表示疑惑，“刚才我们发现这里的女人长得没有岛上的男子漂亮……”

“其他岛上的种族也是如此，”总督回答他说，“不过，您在这里见到的可是最为完美的大洋洲土著女人了。对于那些还几乎处于原始阶段的种族来说，这难道不是一条普遍的自然法则吗？从体态优美的角度来看，雄性总是要比雌性美丽，这不也是动物界起支配作用的一条规律吗？”

“啊呀！”潘希纳总是喜欢大呼小叫。“应该到地球的另一端去发表同样的见解，等着瞧，我们俊俏的巴黎女郎们肯定会表示强烈的抗议！”

努卡—希瓦的居民只分为两个等级，都遵从诸多禁忌的约束。这完全是由拥有权势和财富的人制订出来的一种恃强凌弱的法律，目的是维护他们的特权和财富。根据这种禁忌法，白色成为禁忌颜色，而诸如圣地、墓地、酋长的住宅都成为了禁忌物，平民百姓没有权利去接触它们。由此产生了不可触犯的等级，包括祭司、称为图阿司的巫师和称为阿卡尔基的酋长们。而与他们相对应的是包括大部分的妇女和下层平民在内的可触犯等级。另外，不仅禁止可触犯等级的人触摸受到禁忌法保护的物品，甚至连看一眼都不允许。

“这条法规在马基斯群岛上执行得十分严格，”塞勒斯·比克斯塔夫补充说，“波莫图群岛和协会群岛也有同样严格的禁忌法律。因此，我建议诸位千万不要触犯它。”

“我正直的佐恩，你听见了吧？”弗拉斯科兰对他们的首领说，“当心你的手不要乱动！眼睛不要到处乱看！”

大提琴手仅仅耸了耸肩膀，似乎这些都与他毫无关系。

9月5日，标准岛离开了塔约—哈埃锚地，经过了东面的瓦瓦纳岛（或卡胡加岛）。这是群岛中最东面的岛屿。大家只能望见远处翠绿的山峦，却看不到沙滩。岛岸周围遍布着陡峭的悬崖。当标准岛在这些岛屿中穿行时，理所当然地要减速了。它庞大的身躯此时如果全速行驶，那么岛体两侧将会掀起巨浪，冲走停泊在岸边的小船，并且将两侧的海岸淹没。标准岛通过瓦布岛时，距离它只有几链远。这个岛看起来十分出众，由于岛上到处都耸立着玄武岩质地的峭壁。岛上有两处小海湾：一个叫作领地湾，另外一个叫作欢迎湾，从中可以知晓它们的名字都是一个法国人取的。事实上，这里正是当初马尔尚船长竖起法兰西国旗的地方。

西姆科耶舰长指挥机器岛驶进了第二组岛屿所在的海域，向希瓦瓦岛靠近，西班牙人称这个岛为多米尼加岛。由火山形成的希瓦瓦岛是群岛中规模最大的岛屿，周围方圆五十六公里。岛上的悬崖清晰可见，岩石呈现灰黑色。许多瀑布顺着岛中央那些植被繁茂的小山倾泻而下。

希瓦瓦岛与塔乌·阿塔岛之间隔着一条三英里宽的海峡。标准岛由于过于庞大，可能无法在它们之间通过，只好从西面绕过塔乌·阿塔岛，到达了马德雷·德·比奥斯湾，库克船长称其为决心湾，这是第一批欧洲船队停靠的地方。这座岛屿同它的对手希瓦瓦岛之间的距离可能越来越大。或许这样双方的战争会越来越少，两个岛上的居民也就无法接触，那么像现在这样相互残杀而造成大批伤亡的悲剧也会减少。

标准岛接着又经过了贫瘠、寸草不生和荒芜人烟的莫塔纳岛。随后，在西姆科耶舰长的指挥下，标准岛向法图伊瓦岛靠近。这个岛过去曾经被称为库克岛。说实在的，这个岛完全就是一块巨大的礁石，热带鸟类在上面大量繁殖。它的全貌很像一张方圆足有三英里的大糖饼。

9月9日，十亿城的居民告别了这座东南方向最后的小岛。依照事先决定的航线，标准岛向西南行驶，造访波莫图群岛，并将从这个群岛的中部横穿而过。

航行中一直都是好天气，这里九月相当于北半球的三月。

9月11日上午，左舷港的一艘小艇来到了一个浮标旁边，这里固定着连通玛德莱娜湾的电缆。包裹着橡胶绝缘层的铜线一端与天文台的设备相连，这样就可以与美国海岸进行电话联系了。

标准岛有限公司当局已获知有关马来亚双桅船上那些遇险船员的事情。那么，公司方面会授权总督将这些马来人一直送到斐济海域吗？那样的话，马来人回家会更为便利，而且也能少花点钱。

公司批准了总督的申请，只要十亿城的显贵们没有异议，标准岛甚至可以带着这些外来者向西航行，一直把他们送到新赫布里底群岛去。

塞勒斯·比克斯塔夫把这个消息告诉了萨洛尔船长，后者请求总督代他向玛德莱娜湾行政当局表示谢意。

十二 波莫图群岛三星期

尽管卡利斯特斯·芒巴尔连蒙带骗地把“四重奏”引到了标准岛上来，但如果他们真的因此就不去感激总监先生，说句公道话，那可真有点忘恩负义了。总监邀请四位巴黎的艺术家上岛做客，以贵宾的规格招待他们，还让他们获得了十亿城丰厚的报酬，那么现在还计较当初芒巴尔用了什么手段还有意义吗？塞巴斯蒂安·佐恩依旧不停地发泄着不满，这有什么办法呢？浑身尖刺的刺猬永远不会变成长着柔软皮毛的温顺小猫。伊韦尔内、潘希纳，还有弗拉斯科兰，他们却想象不出还有比这里更惬意的生活了。在太平洋这些美妙的海域中漫游，既不会遇到危险，也不必担心疲劳！机器岛在不同的海域中穿行，因而天气总是那么宜人！而且他们四个法国人与岛上两大阵营之间的冲突毫不相干，被机器岛上的居民奉为“音乐之魂”。无论是在坦克登家或者左舷区其他最为显赫的人家中，还是在科夫莱家或者右舷区最尊贵的人家中，他们都受到了盛情款待。总督及其助手、西姆科耶舰长和天文台的官员，还有斯图尔特上校和他的士兵，这些人都对“四重奏”十分尊敬，把他们奉为上宾。每逢新教礼拜堂或天主教的圣玛丽教堂举行庆典活动，四位音乐家都会被请去演奏。他们在两个港口和工厂遇到的总是热情的公务员和职员。任何一个神智清楚的人难道会认为我们的法国同胞还在怀念他们在合众国的城市间来回奔波的那些时光吗？有谁会不嫉妒他们的幸运呢？除非这是一个专门和自己作对的疯子。

“你们到时会来吻我的手！”总监与他们初次见面时曾经这样预测过。

他们最终并没有吻芒巴尔的手，他们不这么做，是由于从来没有吻男人手的礼节。

一天，阿纳塔斯·多雷米——这个世界上最走运的人来对他们说：

“我在标准岛上已经快两年了，不过即使在这里待上六十年我也不会后悔的。如果有人能保证我在岛上还能生活六十年该多好啊！”

“您的胃口倒不小啊！看来您打算活到一百岁了！”

“嘿！潘希纳先生，您放心，我肯定会活到一百岁！为什么您希望标准岛上有人死去呢？”

“由于不管在哪里人总是要死的。”

“这里可不一样！先生，天堂里的人是不会死的！”

对此，还有什么好说的呢？不过，即便是在这座神奇的岛上，偶尔也还是有一些不幸的人死去。汽船将把他们的遗体一直送到遥远的玛德莱娜湾墓地安葬。显然，这个世界上注定没有十全十美的事情。

标准岛的上空始终漂浮着一些不祥气息，甚至不得不承认它们在逐渐地聚积成为危机四伏的乌云。过不了多少日子，这些乌云就将变成狂风暴雨，化为电闪雷鸣了。坦克登与科夫莱之间的争斗着实令人担忧，而且双方的矛盾越来越尖锐。双方的支持者们站在各自首领的一边，形成了相互对立的两大集团。左舷区与右舷区某一天会不会爆发公开的冲突呢？十亿城会不会遭受动荡、骚乱，甚至一场革命呢？行政当局有没有足够的力量，总督塞勒斯·比克斯塔夫会不会使用铁腕手段在机器岛上的卡普莱与蒙太居两大家族之间维持和平呢？一切都没法预测。这两个对手都把自己的尊严看得比什么都重要，那还有什么事情不可能发生呢？

自从标准岛通过赤道线那次事件发生之后，坦克登与科夫莱两位首富之间已经公开为敌了，他们的朋友也都支持各自的领袖。十亿城两大城区之间的联系已完全破裂。当双方的成员远远地看见对方时，立刻会转身躲开。万一碰面了，则恶狠狠地盯住对方，做出威胁的手势！甚至岛上都传开了，说坦克登这个芝加哥的老牌商人和左舷区的几个富翁谋划着要建立一家贸易公司，并且请求标准岛有限公司授权给他们创办一座大型工厂，把成千上万头猪运到工厂里进行屠宰、腌渍，然后把产品卖到太平洋的各个群岛上去。

由此，大家都认为坦克登与科夫莱各自的官邸等于是两座火药库，只要有丁点儿的火星，就会发生大爆炸，连标准岛都会被掀上天。况且大家千万别忘记了这一点：标准岛是漂浮在太平洋无底深渊之上的一台机器。

当然所谓的“爆炸”虽然只是一种比喻，但这样说也并不过分。冲突的结果很可能是富豪们不得不流亡岛外，这样必然会给标准岛的前途带来危害，而标准岛有限公司也将蒙受经济上无法估量的损失！

即使不至于造成物质上的灾难，双方的纠纷依然使这一切变得错综复杂。但是，谁又敢保证最后肯定不会发生物质上的灾难呢？

其实，标准岛当局如果没有被目前这种安全的假象所蒙蔽，本来应该严密监视萨洛尔船长和那些马来人！尽管他们在获救后受到了岛上周到的接待，但并不是说这些人虚假，就一定有什么阴谋。他们平时少言寡语，始终同岛上的居民保持距离，没有与外界任何的接触，似乎沉浸在一种幸福之中，而等他们到了原始的新赫布里底群岛时一定会怀念现在的这种幸福！那么他们究竟值不值得怀疑呢？这很难说得清。不过，警惕性稍微高一些的人就会发现这群外来者不断地在岛上各处游荡，一直在研究十亿城的情况：街道的布局、公共建筑和旅馆的位置，看起来他们仿佛在努力绘制一张精确的平面图。人们会在公园和田野里发现他们的身影。他们经常出入左右舷港，观察来往的船只。有人看到他们长时间地闲逛，其实是在观察海关官员日夜戒备下的海岸情况。他们还常去岛前与岛后的两个炮台参观。不管怎么说，这有什么不正常的吗？这些无聊的马来人还有比游览机器岛更好的消磨时间的方法吗？从中难道能看出什么可疑的迹象吗？

在西姆科耶舰长的指挥下，标准岛慢慢地向西南方向航行。伊韦尔内自从成了这个移动岛上的成员以来，整个人都仿佛变了个样，完全陶醉于这次航行的美妙之中。潘希纳和弗拉斯科兰的感受也是如此。他们在娱乐场中度过的那些时光是多么美好啊！两周一次的音乐会，听众始终都是争先恐后地来此一睹法国艺术家们的风采。富豪们不惜重金争相邀请他们参加自己组织的晚会。每天早晨，十亿城的报纸通过电缆获得外界最新的消息，登载由汽船定期带回的最近几天的时事新闻。他们只要读读这些报纸，就可以了解到两个大陆上发生的所有使他们感兴趣的事件，包括科学、艺术、政治以及社交界的一切消息。说到政治问题，必须承认英国的各派报纸都异口同声地对这座在太平洋上漫游的活动岛屿大加抨击。不过，无论是标准岛，还是玛德莱娜湾，人们对这种指责都不屑一顾。

还有一点需要强调：几个星期之前，佐恩和他的同伴们在外国新闻专栏中看到了美国报纸刊登出他们失踪的消息。享誉全美的“四重奏”在合众国里是多么受欢迎啊！那些还没能倾听他们演奏的人们翘首等待他们的出现。对于美国人来说，“四重奏”决不能够消失，因此现在他们的“失踪”成了在美国引起轰动的大事件。由于在约定的那天没有接到他们，圣地亚哥方面已经发出了警报。经过多方取证调查之后，得出了这个结论：法国艺术家们在下加利福尼亚海岸上遭到了劫持，目前正在机器岛上航行。总之，“四重奏”本身没有对这次劫持提出抗议，而标准岛公司与美国联邦政府之间也没有举行任何外交照会。等到他们回到曾经获得成功的美国舞台上，照样还会受到欢迎。

现在大家明白了为什么同伴们曾经强迫大提琴手保持沉默了。对于后者而言，即使他的举动会引发新大陆与太平洋珍宝之间的一场战争，也不会使他感到不安！

另外，自从被迫上了机器岛以来，我们的演奏家们已经往法国写过好几次信了。放下心来的家人也经常写信给他们。两地间的邮政服务就像纽约和巴黎之间一样可靠。

9 月 17 日上午，弗拉斯科兰坐在娱乐场的图书馆里兴致勃勃地研究着波莫图群岛的地图，标准岛此时正向那里靠近。当他打开地图册，就在他看到太平洋这片海域的一刹那，不禁控制不住自己叫了起来：

“这张‘琴谱’太乱了！这么混乱的一个地方，西姆科耶舰长怎么能够搞得清楚啊？在这么一大堆大大小小的岛屿中间绝对通不过去！得有几百座岛！简直就是池塘里的一堆乱七八糟的石头！在这个地方航行一定会触礁、搁浅。机器岛要么撞到这个角上，要么撞到那个角上！最后我们只能待在这个比布列塔尼的莫比昂还要拥挤的群岛中定居了！”

理智的弗拉斯科兰这回说得一点不错。莫里昂群岛有三百六十五座岛屿——正好是一年的天数，而波莫图群岛中岛屿的数量即使翻一番也不为过。依据埃利泽·勒克吕的统计，群岛所在的海域四周是成片的珊瑚礁，其方圆不少于六百五十法里。

看看这张地图，的确令人吃惊：一艘船，何况又是标准岛这样的巨型机器，竟然敢在这个群岛中冒险航行！波莫图群岛位于南纬十七度至二十八度、西经一百三十四度至一百四十七度之间，从马塔—希瓦到皮特凯恩，总共有大小上千座岛屿——过去统计为七百座。

因此这个群岛拥有许多“头衔”也就不足为奇了，比如危险群岛或风浪群岛。太平洋的地理名称有好几个，这是它的特权。因而波莫图群岛也被称为低位群岛、土阿莫土群岛（意思是遥远群岛）、南方群岛、夜之群岛和神秘之地。至于“波莫图”或“帕莫图”这个名字，它的含义是“服从群岛”。1850 年，在塔希提岛的首府帕帕泰召开的群岛代表会议对这个名称提出了抗议。尽管法国政府于 1852 年接受了他们的抗议，并在众多名称中挑选出图阿莫图作为群岛的正式名称，但是在我们这个故事中还是继续使用波莫图这个人人皆知的名字吧。

无论航行多么危险，西姆科耶舰长还是一往无前。他对于这一带的海域了如指掌，大家完全可以信任他。对于西姆科耶舰长来说，驾驭如此庞大的一台海上机器，就如同划小舟一样泰然自若。他能够让机器岛在原地掉头，就仿佛是在摆弄船桨那么简单。弗拉斯科兰尽可以对标准岛放心：波莫图的尖角甚至连机器岛在水下的钢铁岛体都擦不到。

19 日下午，天文台的瞭望员发出信号，报告已发现了距离机器岛十二海里以外的波莫图群岛的第一列岛屿。这些岛屿的地势确实都特别低。虽然有几座高出海平面四十多米，但是有七十四座岛屿仅仅超过海面一米左右。只要有一点点的潮水，这些地方每天都可能会被淹没两次。另外一些岛屿只不过是一些环礁而已，周围遍布着岩石。事实上是一些寸草不生的珊瑚礁和峭壁，沿着群岛的方向有规律地排列着。

标准岛从东边驶入该群岛，向阿纳阿岛靠近。这个岛以前是群岛的首府。自从 1878 年遭到飓风的摧毁之后，它的地位便被法卡拉瓦岛所取代。那次灾难夺去了岛上许多居民的生命，甚至连远处的考库拉岛也遭到了破坏。

人们首先看到的是矗立在距离标准岛三英里之外海域中的瓦伊塔伊岛。这一带洋流湍急，还有许多向东伸展的岩礁，因而成为群岛中最危险的海域，在此地航行当然得格外小心谨慎了。瓦伊塔伊岛不过是一个珊瑚堆，两边还陪伴着三座树木丛生的小岛。瓦伊塔伊最大的村落就位于北部的那个小岛上。

第二天，阿基提岛出现在人们的视线之中。岛上到处都生长着棕榈树、马齿苋，以及一种淡黄色的蔓生草和毛茸茸的玻璃苣。阿基提岛与群岛中的其他岛屿的不同之处在于它没有内湖。从很远的地方就能够看到它的身影，由于它的海拔高度超出了群岛的平均水平。

又过了一天，看到了另外一个规模稍大的岛屿，它的名字叫作阿马努岛。这个岛的内湖通过位于岛上西北方的两条通道与大海相连。

十亿城的居民去年曾经来过这个群岛，因此这回他们只是想在航行中欣赏一下这里的风光。不过潘希纳、弗拉斯科兰和伊韦尔内却非常希望在此多停留一些时间，以便他们能够探索一下这座由珊瑚聚集形成的岛屿，也就是说和标准岛一样，都并非自然形成的岛屿。

“我们的岛屿与它唯一的区别是能够移动。”西姆科耶舰长提醒他们说。

“它也太能活动了，从来也不停一停！”潘希纳带着点怨气说。

“它将在豪岛、阿纳阿岛和法卡拉瓦岛停泊，那时诸位会很乐意到这些岛上游览参观的。”

当问及这些岛屿的构成方式时，西姆科耶舰长使用公认的理论为他们解释：太平洋的这片海域，海底可能逐渐沉降了三十米。由此，珊瑚虫这类生物在水下岩层的顶端找到了足够结实的地基，在此之上建造了这些珊瑚建筑。幸亏有了这些小虫子的辛勤劳动，这些建筑一点一点地加高，最后从水下升起，形成了如今的群岛。如果这里的海水再深一些的话，珊瑚虫的本事就发挥不出来了。这些岛屿可以分成栅栏形、穗子形和环形三类。所谓环形，其实指的就是环礁岛，这是一个印度名称，意思就是有内湖的岛屿。此外，波涛冲击下形成的岩石碎屑构成了岛上的腐殖土。海风将植物的种子带到这里，使它们在珊瑚质的环状地带生根发芽。凭借热带气候的作用，钙质的海岸覆盖着青草和其他植物，灌木和乔木也在此扎根生长起来。

“这无数只能用显微镜才能看见的小虫子在海底聚集堆砌，说不定某一天被太平洋淹没的那个大陆就会重新出现在海面之上了！”伊韦尔内大胆地作出预言，“到那时，现在有帆船和汽船航行的海面上，将会飞驰着横贯新旧大陆的特快列车了！”

“荒谬！你的想法太荒谬了！”潘希纳毫不客气地反驳他。

正如西姆科耶舰长所说的那样，9 月 23 日，标准岛停在了豪岛跟前。幸好这里的海水足够深，因此标准岛靠得很近。小艇载着一些游客经过右边被茂密的椰子树遮盖的航道进入该岛。岛上最大的村子位于一座小山丘上，到达那里要走五英里的路程。村子里只有寥寥二三百居民，其中大部分人受雇于塔希提岛上的一些公司，依靠捕捞珍珠蚌为生。这里到处都生长着露兜树和桃金娘树，它们是在岛上最早出现的树木。现在这片土地上还生长着甘蔗、菠萝、芋、棕榈及烟草等。椰子树是这里数量最多的树种，整个群岛广漠的棕榈林中，大约有四万多棵椰子树。

可以说这种“神奇”的树木不需要人来栽种，就可以生长起来。椰子肉是当地人普遍吃的食物，营养成分要高于露兜树的果实。当地人用椰子肉来饲养猪和家禽，还用来喂狗。这里的人特别喜欢吃狗的肋条和里脊。另外，把椰子壳敲碎，把果肉放到太阳底下晒干，然后只需一种简单的压榨装置就可以得到珍贵的椰子油了。不过，现在椰子肉都由货船运到大陆上的工厂里，用更为先进的方法来榨油。

豪岛的居民太少了，在整个波莫图群岛的人口中算不上什么。不过对于“四重奏”来说，等到了阿纳阿岛时，他们就可以进行更好的观察了。9 月 27 日上午，标准岛抵达了阿纳阿岛。

阿纳阿岛上苍翠秀美的山峦近在咫尺。作为群岛中最大的岛屿之一，它的珊瑚质岛体有十八英里长、九英里宽。

据说在 1878 年，一场飓风席卷了该岛，因而不得不把群岛的首府转移到了法卡拉瓦岛。事实的确如此。尽管这种热带地区能够造成灾害的强烈气候可以提前几年预测到，但阿纳阿岛当时还是被摧毁了。现在这个岛恢复了元气，岛上的居民数达到了一千五百人。但是它的人口仍然低于竞争对手法卡瓦拉岛，其中一个重要的原因是岛上的内湖只有一条狭窄的航道通向大海，而且由于岛内的水位比海面高，因此航道内总会形成逆流。法卡拉瓦岛的情况正相反，它的内湖南北各有两条宽阔的航道。不过从另一个角度看，虽然椰子油的主要市场挪到了法卡拉瓦岛，但阿纳阿岛更加旖旎的风光始终受到游客们的青睐。

当标准岛在最佳位置停靠稳当之后，大批十亿城的居民乘坐小船登上了阿纳阿岛。佐恩和他的同伴们最先踏上了岛岸：大提琴手已经同意一起参加这次游览。

他们在前往图阿豪拉村之前首先对该岛形成的条件进行了研究——这里与群岛中其他岛屿的情况一样。钙质岛岸的边缘，也就是环带的宽度，可以达到四至五米。朝海的一边十分陡峭，而内湖一侧则是平缓的斜坡。阿纳阿岛的内湖湖面方圆大约一百英里，这和赖罗阿岛与法卡拉瓦岛的内湖大小差不多。岛上生长着大片的椰子林，不过这并不是岛上唯一的财富。当地人的小茅屋就建在它们茂密枝叶形成的树荫里。

这个村庄中间有一条用白得耀眼的沙砾修筑的公路。阿纳阿岛在遭到飓风摧毁之前，法国驻扎官的官邸曾经设在此处。由于首府的地位已经被取代，官员的驻地自然也转移到了法卡拉瓦岛上。不过房子一直都在，四周修建着简陋的围墙，营房上飘扬着一面三色国旗，由一名海军中士负责看守。

图阿豪拉村的房子还是值得一赞的，它们已经不再仅仅是简单的草棚，而是舒适清洁的茅屋，屋内还摆放着足够的家具。这些茅屋大多数建在珊瑚地基上，露兜树的树叶铺在房顶，而门和窗户则由这种珍稀树种作为木料制成。房屋周围是一些菜园，当地人把腐殖土运到了菜园里，从外观上看菜园显得很漂亮。

这些当地人肤色比较黑，相貌也不漂亮，神情有些呆滞，性格没有马基斯群岛盼土著那么可亲。尽管如此，他们仍不失为热带大洋州居民中不错的一个种族。他们勤劳而且聪慧，或许更有能力抵御威胁着太平洋土著人的那种身体上的退化现象。

据弗拉斯科兰的考证，当地人的主要工业就是生产椰子油，因此群岛棕榈林中的椰子树多得惊人。这些椰子树生长繁殖的能力极强，就和环礁表面的那些珊瑚一样迅速地扩大着规模。不过这些树有一个天敌，四位巴黎游客曾经有一天在内湖附近与它不期而遇。

当时四个人正躺在内湖的沙滩上休息，碧绿的湖水与湛蓝的海水相映成趣。突然，草丛里发出什么东西爬过的声音，先是引起了“四重奏”的注意，后来发生的事情却把他们吓了一大跳。

他们究竟看到了什么？原来是一只长相奇特的巨大甲虫。

他们的第一反应是迅速站了起来，然后仔细地观察着这个怪物。

“真是一个丑八怪！”伊韦尔内叫道。

“原来是一只螃蟹！”弗拉斯科兰接着说。

的确是一只螃蟹。当地人管这种螃蟹叫“比尔戈”，即“吃椰子的螃蟹”，它们在岛上的数量很多。这种螃蟹的前螯粗壮有力，如同两把结实的钳子或剪刀，足以敲碎椰子坚硬的外壳吸食里面的椰子肉，这可是比尔戈蟹喜爱的美餐。这种椰子蟹在树根之间挖掘很深的洞穴，并且把椰子壳铺到里面作为垫子，然后钻进去舒舒服服地待着。它们主要在夜间活动，从洞穴中爬出来寻觅落到地上的椰子。有时甚至会爬到椰子树的树干和枝条上去，用它们那对强大的螯把椰子打下来。正如潘希纳说的那样，与“四重奏”不期而遇的那只比尔戈蟹肯定是饿极了，因此大中午的就从它昏暗的窝里爬出来觅食。

大家没有去惊动它，都对这只动物的行为感到极其好奇。比尔戈蟹从荆棘丛里扒出一颗大椰子，用它的螯将椰子壳上的纤维毛一点一点地剥掉；等到椰子壳变得光溜溜了，它开始用力敲击坚硬的椰子外壳，在同一个点上反复击打。椰子壳被敲开了，比尔戈蟹用末端十分纤细的后螯把果肉掏了出来。

“大自然创造了这种比尔戈蟹，肯定就是为了让它来剥椰子吃的！”伊韦尔内边看边说。

“那大自然创造出椰子也是为让比尔戈蟹来吃它们。”弗拉斯科兰补充说。

“嘿！让我们违背一次自然的意愿如何？阻止这只螃蟹吃掉这颗椰子，也不让这颗椰子被这只螃蟹吃掉。”潘希纳建议道。

“我认为大家还是不要去打扰它，”伊韦尔内表示反对，“即使遇到一只比尔戈蟹，我们这些巴黎旅客也不能对它打什么坏主意！”

大家表示赞同。比尔戈蟹满怀感激地看了第一小提琴手一眼，在此之前它也许恶狠狠地瞪了“殿下”一眼。

标准岛在阿纳阿岛停泊了六十个小时之后，继续向北航行。西姆科耶舰长镇定地指挥着，标准岛顺利地驶出海峡，在密密麻麻的大小岛屿中间穿行。这种情形之下，十亿城的居民都聚集到海岸附近欣赏风景，尤其是船舻炮台的人特别多，而城里自然就显得有些冷清了。人们眼前总是有新的岛屿出现，仿佛是一些漂浮在海面上的翠绿花篮，甚至可以同荷兰运河上的著名花市媲美。许多当地人划着独木舟在机器岛的两个港口附近迂回徘徊，但港口的官员已经接到命令，禁止任何人上岸。当机器岛靠近珊瑚峭壁时，不少当地的土著妇女便跳入水中，试图游到机器岛上来。她们之所以没有和男人们一起划船而来，原因在于禁忌法规定船是波莫图男人的专属品，女人则不准上船。

10 月 4 日，标准岛在法卡拉瓦岛南部的航道口停了下来。在十亿城的居民乘坐小船上岛参观之前，这里的法国驻扎官来到了右舷港，总督先生下令将他接到市政府来会面。

会谈进行得热烈而友好。塞勒斯·比克斯塔夫身穿用于此类仪式的全套礼服，显得非常气派。驻扎官是一位海军陆战队的老军官，同样是衣冠严整。再没有比这更加庄重、威严的场面了，双方都表现得十分得体。

接见结束后，驻扎官得到允许，由卡利斯特斯·芒巴尔陪同，在十亿城里参观游览。四位巴黎人和阿塔纳斯·多雷米作为驻扎官的同胞，也非常愿意加入其中。对于这位常年远离祖国的可敬的老人来说，能够遇到自己同胞，那是多么愉快的事情啊！

第二天，总督前往法卡拉瓦岛进行回访，双方仍然穿着昨天的盛装。“四重奏”踏上了法卡拉瓦的土地，径直来到驻扎官官邸。这是一栋十分简单的建筑，驻守着由十二名老水兵组成的卫队，营地的旗杆上飘扬着法兰西的三色旗。

虽然法卡拉瓦岛成为了波莫图群岛的首府，但正如人们所说的那样，它还是比不上与其竞争的阿纳阿岛。那个绿荫掩映下的最大的村庄也没有阿纳阿岛上的景色秀美，村里常住的居民数量也比前者少。法卡拉瓦岛是提炼椰子油的中心。此外，人们还捕捞珍珠蚌，然后往往把他们的收获品卖到邻近的托奥岛，那里是专门加工珍珠的地方。法卡拉瓦岛的土著人称得上是勇敢的潜水员，他们会毫不犹豫地一直下潜到二三十米的深度。他们强壮的身体能够承受如此之大的压力而不会感到丝毫的不适，可以在水下保持一分钟不用呼吸。

有几个渔民得到了标准岛的批准，将他们捕捞的蚌或珍珠兜售给十亿城的显贵们。当然，并不是说城里的那些阔太太们缺少什么珠宝，但这些处于完全天然状态的宝贝确实得来不易。这些渔民刚一登岸，他们的家底就被富豪们用不可思议的高价“洗劫一空”。只要坦克登夫人花大价钱买到一颗珍珠，科夫莱夫人肯定也会如法炮制。幸好没有发生为争夺同一颗珍珠而竞相抬价的情况，否则真不知道那种争夺什么时候才会休止。其他的人家也一心要效仿他们的朋友。这一天对于那些法卡拉瓦人来说，真可以用一句航海术语来形容，那就是“一帆风顺”啊！

“太平洋珍宝”在此停留了十来天之后，于10月13日清晨再次起锚，离开了波莫图群岛的首府，到达了这个群岛的西部边缘。至于密密麻麻聚集在一起的大小岛屿、暗礁和环礁，西姆科耶舰长再也不必为此担心了。他终于指挥着标准岛毫发无损地驶出了这片“恶海”，来到了位于波莫图群岛与协会群岛之间的长宽各四度的海面上。标准岛开足一千万马力的发动机，向西南方高速行进。这次它的目的地是布干维尔所描绘的充满诗情画意的塔希提岛。

十三 停泊塔希提群岛

协会群岛又名塔希提群岛，位于南纬十五度五十二分至十七度四十九分、西经一百五十度八分至一百五十六度三十分之间，总面积达到两千二百平方公里。

这个群岛由两大部分组成：第一组岛屿称为迎风群岛，包括塔希提岛（或塔希提－塔哈阿岛）、塔帕马诺阿岛、埃梅奥岛（或莫里岛）、特提亚罗阿岛和密提亚岛，上述岛屿均处于法国的保护之下；第二组岛屿称为“背风群岛”，包括土布艾岛、马努岛、瓦伊纳岛、莱亚泰－塔奥岛、博拉－博拉岛、莫菲－伊提岛、莫皮提岛、马佩提亚岛、别林斯高晋岛和锡利岛，这些岛屿由当地土著君主统治。

英国人为这个群岛取的名字是乔治亚群岛。不过库克船长当年发现它时，为了纪念伦敦皇家协会，曾将这个群岛命名为协会群岛。协会群岛距离马基斯群岛二百五十海里。根据近期所作的多项调查显示，群岛上的居民包括外国人和当地人，总数不超过四万。

航海者首先看到的是迎风群岛中位于东北方向的塔希提岛。天文台的嘹望员在距离它很远的地方就发出了信号。这都多亏了塔希提岛上海拔高达一千两百九十米的麦亚奥峰（或迪亚代姆峰）。

标准岛此间的航行没有发生任何意外，在信风的推动下通过了这片奇美的海域。天空中的太阳正朝南回归线移动，两个多月之后它将到达那里。然后，太阳将再次升到赤道的正当空，在它照耀下的机器岛会经历数周的酷热。此后，机器岛会一直跟随着太阳移动，就像跟在主人后面的狗一样，但始终保持一定的距离。

十亿城的居民是头一回来到塔希提岛。去年他们的旅行开始得太晚了，因此在离开了波莫图群岛之后，没办法继续向西航行了，只好返回了赤道。然而，协会群岛是太平洋中最美丽的群岛。我们的巴黎客人对这个群岛由衷地表示赞美，其程度超过了他们在乘坐这台可以随心所欲地选择停泊地和气候的机器岛航行时所领略过的一切迷人景色。

“这倒真的不赖！不过我们还是等着瞧这次荒唐冒险的结果吧！”塞巴斯蒂安·佐恩的坏脾气依然如故。

“嘿！我的全部要求就是这种冒险永远都不要结束！”伊韦尔内唱起了反调。

10月17日黎明时分，标准岛抵达了塔希提岛，靠近了它的北部海岸。经过一整夜的航行，人们看到了维纳斯角的灯塔。绕过维纳斯角，再用一天的时间就可以抵达位于西北部的群岛首府帕皮提。塞勒斯·比克斯塔夫总督主持召开了三十人显贵委员会会议。这个委员会中的两方势均力敌，阵营分明。以杰姆·坦克登为首的一方要求从塔希提岛的西侧登岸，而以纳特·科夫莱为首的另一方则提议在岛的东侧停泊。在双方分歧时，比克斯塔夫的意见就至关重要了，他决定绕过岛的南面前往帕皮提。“四重奏”对于这个决定肯定十分满意。由于按照这个方案，他们就能够欣赏到太平洋上这颗美丽珍珠的全貌了，它正是被布干维尔喻为新基西拉岛的爱与欢乐的天国啊！

塔希提岛的面积为十万四千二百一十五公顷，大概相当于九个巴黎大。1875年时，这里有七千六百个当地人、三百个法国人和一千一百个外国人。不过现在它的居民仅有七千人。从平面图上看，塔希提岛的形状完全像一个倒置的葫芦。葫芦肚是岛的主体部分，葫芦的细颈部分则由塔塔拉普半岛构成，两部分之间由塔拉沃地峡连接在一起。

弗拉斯科兰仔细研究了大比例的群岛地图之后，作出了这个形象的比喻。他的同伴们对此心悦诚服，并为塔希提岛取了一个新名字“热带葫芦”。

自1842年9月9日成为法国的保护领地起，塔希提岛划分为十个行政单位，下属二十一个区。人们肯定对在迪珀蒂—图阿尔海军上将、波马莱女王和英国政府之间发生的争执纠纷记忆犹新。这都是那个兜售《圣经》与棉布的普里查德从中挑唆的后果。法国作家阿方斯·卡尔在他的短文集《胡蜂》中对这个令人憎恶的英国投机商人进行了惟妙惟肖的讽刺。

尽管这已经是多年前的旧事了，但那个臭名昭著的盎格鲁—萨克逊药剂师的行为和动作却一点都没有被人们遗忘。

标准岛能够在距离“热带葫芦”一英里的海域内安全地航行。这个葫芦坐落在珊瑚地基上，它的根基笔直地深入海底。十亿城的居民在登上岛岸之前便可以观赏到它庞大的身躯，领略到它那比夏威夷群岛更加受到大自然青睐的群山、翠绿的山峰、树木丛生的峡谷，以及宛如大教堂尖顶一般挺立于天地之间的悬崖峭壁。岛的四周遍布着椰子林，惊涛拍岸时溅起的白色浪花滋养着它们。

整整一天，标准岛沿着塔希提岛的西岸缓缓行驶。好奇的人们纷纷来到右舷港周围，用小型望远镜——四个巴黎人人手一只——兴趣盎然地观察着岛岸上的每一个细节：帕普诺区有一条发源于高山上的河流，穿过宽阔的谷地，然后在一处几英里都没有峭壁阻挡的地方注入大海；伊提亚区是一个良港，从这里向旧金山出口数以百万计的橙子；马阿纳区则是1845年征服该岛的战场，征服者与当地人曾经在此激战，双方都损失惨重。

下午时分，标准岛到达了狭窄的塔拉沃地峡，在西姆科耶舰长的指挥下绕过半岛。此时两岛之间的距离已经非常近了，多提拉区的肥沃的原野进入了人们的视野。借助多条河流的滋润，这里成为群岛中最为富庶的地方之一，此刻它的美景在标准岛的居民面前展露无遗。塔塔拉普半岛稳稳地坐落在珊瑚礁之上，展示着它那些死火山的山口形成的威严粗糙的峭壁。

夕阳渐渐落下地平线，它最后放射出的霞光染红了群山之颠。色彩逐渐褪去，最终化为一片热腾腾的透明雾气，很快就都变得模糊了。此刻，晚风从橙林与柠檬林中带来阵阵果香。短暂的黄昏过后，夜幕迅速落了下来。

标准岛绕过了半岛东南方尽头的海角。第二天日出的时候，它将出现在塔拉沃地峡的西侧海岸。

塔拉沃区农业发达，人口众多。橙树林之间修建的道路十分美观，一直通向帕皮里区。此地的最高处建有一座堡垒，控制着地峡两侧。堡垒周围安放着几尊大炮，炮身看上去就仿佛延伸出来的青铜水管。法艾东港则隐蔽在塔拉沃区深处。

“为什么连那个自命不凡的马车夫的名字都传到这个地峡里来了?”伊韦尔内心里琢磨着。

这一天，标准岛沿着塔希提岛西侧的海岸缓慢行进，这里的珊瑚峭壁更加突出。岛上另外几个区出现了，它们景色各异：帕贝伊里区到处都是沼泽化的平原；帕贝伊里区拥有良港马泰亚，还有瓦伊里亚河流经它广阔的谷地。再往里面走则会看到五百米高的山峰，仿佛是一个脸盆架，支撑着一个方圆半公里的大脸盆。其实这是一个古老的火山口，里面肯定装满了淡水，由于看起来它没有任何与大海相通的水道。

阿奥拉诺区种植着大片的棉花；帕帕拉区专门用于农业开发。标准岛在经过了上述两个区后，绕过了马拉角，深入到帕吕维亚峡谷中。这里与迪亚代姆山相连，有普那兰河为它提供灌溉。标准岛继续前进，经过了塔阿普那区，绕过塔塔奥角与法阿河河口。这时西姆科耶舰长指挥机器岛将航向稍微转向东北，灵巧地避开了小岛莫图—乌塔。晚上六点，标准岛停在了帕皮提湾的入口处。

这里的航道在珊瑚岩石之间蜿蜒曲折，从入口处一直到法朗特角的水面上，漂浮着用废弃的大炮制作成的航标。埃塞尔·西姆科耶本身就是一张活地图，根本不需要求助穿梭于航道上的小艇中的领航员。不过还是有一艘船尾悬挂着黄色旗帜的小船驶向标准岛。这艘名为健康号的小船来到了右舷港，与港口官员进行交涉。原来塔希提岛对登陆人员的规定十分严格，在获得该地的保健医生与港口指挥官的许可之前，任何人不得进入该岛。

这位医生很快登上了右舷港，随即与标准岛当局取得了联系。手续办理得非常简便，由于十亿城及其周边地区根本就没有病人。无论如何，那些诸如霍乱、流感或者黄热病之类的传染性疾病，在十亿城绝对不存在。健康证明按照规定发放下来。不过这里的黄昏时间非常短暂，天很快就黑了下来。登陆的事情自然就推迟到第二天了。标准岛进入了梦乡，等待着第二天黎明的到来。

拂晓时分响起了炮声，这是船舻炮台鸣放二十一响礼炮向背风群岛和法国保护领地的首府塔希提岛表示敬意。与此同时，天文台塔楼上的红底金日旗升降了三次。

塔希提岛主航道上的伏击炮台也发射了二十一响礼炮，表示回礼。

一大清早，右舷港就已经人头攒动了。电车将成群的要去群岛首府参观的居民送到港口。不消说，佐恩和他的同伴们一定是等得最心焦的人了。好奇的人们难以计数，标准岛接送游客的小艇已经不够用了。这个时候，当地人立刻争先恐后地用自己的小船为十亿城的居民们服务，将他们送到距离右舷港六链的帕皮提湾的港口登岸。

当然，标准岛的总督先生应该第一个登岸。按照惯例，他必须同塔希提岛上的军政要员会面，还得按照同样规格的礼节拜访当地的女王。

快到九点的时候，塞勒斯·比克斯塔夫总督与两位助手巴特勒米·鲁日和于贝尔·阿尔古都身穿全套礼服，十亿城两区的显贵（自然包括纳特·科夫莱与杰姆·坦克登）衣冠楚楚，西姆科耶舰长及其下属官员制服严整，还有斯图尔特上校率领着他的仪仗队，都登上了礼宾船，向帕皮提港驶去。

塞巴斯蒂安·佐恩、弗拉斯科兰、伊韦尔内、潘希纳、阿塔纳斯·多雷米和卡利斯特斯·芒巴尔坐上了另一艘小船，同行的还有标准岛的一些公务员。

当地人的小船和独木舟在海上列队欢迎由总督、官员和显贵们组成的十亿城访问团。显贵中最著名的两位完全有能力买下整个塔希提岛——甚至可以把协会群岛，连同它的女王一起买下来。

帕皮提确实称得上是一座良港，港口内的水深足以停泊大吨位的轮船。港口共有三条航道：北面的主航道宽七十米、长八十米。美中不足的是航道中央有一处小礁石，使航道略显狭窄。另外两条是东面的塔诺阿航道和西面的塔普纳航道。

电动礼宾船沿着海滩威风凛凛地行驶。这片海滩上到处都建有别墅和游乐场，码头里还停泊着一些船只。大家在一座优美的喷泉旁上了岸。这个喷泉用于积蓄淡水，把从邻近山峰上流下来的活水收集起来，成为船只的淡水补给站。其中的一座山峰里安装着信号设备。

塞勒斯·比克斯塔夫与他的随行人员登岸后，受到了一大批法国人、当地人和外国人的热烈欢迎。他们对“太平洋珍宝”赞不绝口，把它看作是人类智慧创造的最杰出的作品。

经历了登岸最初的热烈场面之后，标准岛一行人前往塔希提总督府。

卡利斯特斯·芒巴尔这次穿上了他只有在出席重大庆典时才动用的盛装。他邀请“四重奏”一起到总督府去，后者立即对总监的盛情表示欣然接受。

法国的保护领地不仅只是塔希提岛和莫里岛，还包括周围其他的岛屿群。塔希提的总督既是这里的最高指挥官，也是法国政府派驻此地的特派专员。他下属的传令官负责传达总督的各项命令。总督全权领导海陆军部队、殖民地及地方财政和司法事务，这位特派专员属下的秘书长则分管当地的民政事务。莫里岛、波莫图群岛中的法卡拉瓦岛、努卡—希瓦群岛中的塔约—哈埃岛等地均驻有法国特派专员。负责马基斯群岛管辖区的治安法官也是由此派出。从 1861 年开始，这里成立了一个农业与贸易咨询委员会，每年定期在帕皮提召开会议。同时，步兵与炮兵部队的指挥所也设在此地。警备部队则由几支殖民地宪兵、步兵及海军陆战队混编而成。法国政府委派一名本堂神甫、一名助理神甫，以及九名传教士，分别在不同的岛屿上传播天主教教义。事实上，我们的巴黎人感觉仿佛回到了法国一样，似乎身处法国的某个港口，因而他们对此感到很高兴。

至于不同岛屿上的村庄，则是由当地人组成的市政委员会管理。委员会设有一名“塔瓦纳”（即“主席”），其助手包括一名法官、一名“穆托伊”首领（即“警长”）和两名由村民选举产生的顾问。

标准岛的队伍向总督府前进，美丽的大树用繁茂的枝叶为他们遮挡刺眼的阳光。这里到处都种满了椰子树、粉色叶片的木蔷薇、石栗子树，还有成片的橙树、番石榴、橡胶树等等各色树种。总督府坐落于绿荫掩映的丛林之中，宽大的屋顶几乎与参天大树一样高，屋顶上镶嵌着漂亮的复斜式天窗。这是一座两层建筑，从正面看整体上显得优雅别致。驻地的主要法国官员聚集在这里，殖民地的宪兵部队列队欢迎标准岛的客人。

塔希提的总督接见了塞勒斯·比克斯塔夫，其热情程度无与伦比。

这种盛情接待如果放在这片海域中的英属岛屿上，那绝对是不可能的事情。总督对标准岛访问塔希提群岛表示感谢，希望他们每年都能来此一游，同时也对塔希提岛无法回访表示遗憾。会谈持续了半个小时。次日，塞勒斯·比克斯塔夫将遵照礼节，在十亿城的市政大厦招待岛上的官员。

"贵方打算在帕皮提停留一段时间吗？"总督问道。

"停留两周。"塞勒斯·比克斯塔夫回答说。

"那您将有幸见到法国舰队了，他们大概将于周末抵达。"

"总督先生，我们将十分荣幸地邀请他们光临标准岛。"

塞勒斯·比克斯塔夫向总督介绍随行人员：他的两位助手、埃塞尔·西姆科耶舰长、警备队指挥官、各部门的公务员、艺术总监及四位法国艺术家。四位艺术家自然受到了作为同胞的欢迎。

后来出现了一个小小的难题。当介绍十亿城两区代表的时候，如何来保证杰姆·坦克登与纳特·科夫莱的面子都不受到损害呢？他们两个都是容易动怒的大人物，都有权……

"两个人一起向前走！"潘希纳提了个建议，他在用斯克里布的诗句开玩笑呢。

这个难题最后还是由总指挥兼特派专员先生本人来解决了。他对十亿城这两位著名的大富豪之间的争斗早就有所耳闻。这位总督具有十分敏锐的洞察力，对于处理正式场合的这种棘手问题非常在行。他熟练地运用外交手段，像颁布获月政令一般，问题得到了圆满的解决。丝毫不必怀疑，如果同样的场面换成一个英国保护地官员的话，他一定会出于维护联合王国的政治利益而火上浇油，最后酿成大祸。但是，法国总督府里没有发生这种情况。会谈结束后，塞勒斯·比克斯塔夫本人也对受到这样隆重的接待感到高兴，随即率领队伍返回。

阿塔纳斯·多雷米老头子由于过度疲劳已经感到胸口疼了。不必说，"四重奏"早就想打发他回到第二十五大街的住处去了。这样一来他们就可以在帕皮提尽可能多待一些时间，游览一下周边的风景，参观主要的居民区，还可以到塔塔拉普半岛四处游荡，最终榨干太平洋上的这个葫芦里的最后一滴水。

大家打定了主意，把计划告诉了卡利斯特斯·芒巴尔。总监先生完全赞同，但是提醒他们说：

“不过诸位最好在动身之前再耐心等上四十八个小时。”

“为什么不今天就走?”伊韦尔内早就不耐烦了，手里拿着旅行拐杖。

“由于标准岛的官员将去拜见这里的女王，各位也应该随同前往。”

“那明天呢?”弗拉斯科兰有些不解。

“明天，群岛的总督将来标准岛回访，大家最好……”

“我们最好也在场，”潘希纳接话过来，“好吧，总监先生，我们一定会去的。”

离开了总督府，塞勒斯·比克斯塔夫和随行人员前往女王陛下的宫殿。他们只不过在树荫下走了不到一刻钟，就到达了王宫。

这座王家宫殿四周花丛锦簇，绿树成荫，显得十分幽雅宜人。这是一座两层的四方建筑，屋顶仿照瑞士山区的小木屋样式，还有两排延伸出来的阳台。从高处的窗户可以看到整个种植园，一直扩展到城里。其后面则是汪洋大海。一句话，王宫虽不豪华，但却十分舒适。

女王并没有由于群岛成为法国的保护领地而丧失任何威严。尽管停泊在帕皮提港里的船只的桅杆和锚地的旗杆，还有城市内的民事与军事机构的建筑顶端，飘扬的都是法兰西的三色旗。但是女王宫殿上方竖立的依然是群岛古老的旗帜：带有红白相间横纹的旗子，旗的一角还绣着三色小船图案。

1706 年，基罗斯发现了塔希提岛，并将其命名为萨西塔里亚岛。此后，沃利斯于 1767 年、布干维尔于 1768 年相继对整个岛屿进行了勘探。最初发现这个岛屿时，岛上的统治者是奥贝蕾阿女王。她去世以后，这里出现了大洋州历史上著名的波马莱王朝。

波马莱一世（1762 – 1780 年在位）原名奥图，意为“黑鹭”。后来他改名为波马莱。

他的儿子波马莱二世（1780 – 1819 年在位）在 1797 年热情地接待了第一批英国传教士，并在十年后皈依了基督教。波马莱二世在位期间，塔希提岛经历了一段动荡不安的岁月，武装冲突不断，群岛上居民的数量也从十万人锐减到一万六千人。

波马莱二世的儿子波马莱三世从 1819 年到 1827 年统治该岛。他的那个于 1812 年出生的妹妹爱玛塔，也就是受到可恶的普里查德保护的波马莱家族的著名人物，后来成为了塔希提岛及周围岛屿的女王。这位女王与第一任丈夫塔包阿因没有生育子女，便抛弃了丈夫，转而同阿里伊法埃特结婚。1840 年，这次婚姻为他们带来了一个法定继承人阿里奥纳。不幸的是王子在三十五岁时去世。从 1841 年起，女王相继为他的丈夫、群岛第一美男子生了四个孩子：女儿泰利梅瓦玛，1860 年被册封为博拉—博拉岛公主；塔马托阿王子，1842 年出生，成为莱亚泰岛的国王，后由于其残暴统治而被当地居民推翻；特利塔普努伊王子，1846 年出生，不幸生来就是一个瘸子；图瓦维拉王子，1848 年出生，曾经前往法国留学。

波马莱女王的统治时期也并非太平盛世。1835 年，天主教传教士与新教传教士发生了冲突。女王首先下令将双方全都驱逐出岛，但 1838 年他们又在法国远征军的护送下返回。四年之后，周围五位岛主接受了法国的保护。波马莱女王对此表示反对，英国人支持女王的决定。1843 年，迪珀蒂—图阿尔海军上将宣布罢黜波马莱女王的王位，并且赶走了英国传教士普里查德。这一连串的事件在马阿埃纳和帕普帕两地引发了流血冲突。众所周知，迪珀蒂—图阿尔海军上将后来受到了责难，普里查德因此得到了一笔二万五千法郎的赔偿金。最后，布吕阿海军上将负责把这些事端平息了下来。

1846 年，塔希提岛成为法国的保护领地，波马莱女王于 1847 年 6 月 19 日正式签署了保护协议。但莱亚泰岛、瓦伊纳岛和博拉—博拉岛仍归女王管辖。不过，后来还是发生了几次动乱。1852 年，女王被一次骚乱推翻，岛上甚至宣布成立了共和国。最后，法国政府出面平息了骚乱，恢复了女王的统治。经过这一次动乱，女王又放弃了三个属地，将莱亚泰岛、瓦伊纳岛和博拉—博拉岛分别赐给她的长子、次子和女儿。

现在坐在群岛宝座上的波马莱六世女王正是她的后裔。

热心的弗拉斯科兰不断地证明着那个潘希纳给他取的“拉鲁斯太平洋词典”的称号可不是浪得虚名。他把这些历史事件和传记中的细节讲述给伙伴们听，让他们相信到别人家做客，对将要同自己交谈的人作些了解总是大有好处的。伊韦尔内和潘希纳都认为弗拉斯科兰把波马莱家族的系谱介绍给他们是很有道理的，只有佐恩不以为然，仿佛这一切都与他无关似的。

感情丰富的伊韦尔内此时已经完全沉浸在塔希提岛上充满诗情画意的自然景色之中，眼前浮现出布干维尔和迪蒙·迪维尔的游记所描绘的那些美妙的场面。每当想到将要见到这个新基西拉岛上的女王时，他便掩饰不住内心的激动。他要去拜见的可是真正的波马莱女王，仅仅她的名字就……

“她名字的意思是‘咳嗽之夜’。”弗拉斯科兰打断了他的独白。

“好啊!”潘希纳叫了起来，“那她就是感冒女神，鼻炎女皇了！伊韦尔内，你肯定会伤风的，可别忘记带上手绢!”

伊韦尔内对“殿下”这种不合时宜的恶作剧感到非常恼火；但看到其他人都被逗得大笑不止时，第一小提琴手最后也跟着笑了起来。

标准岛的总督、各位官员和显贵代表在岛上警长兼任宪兵首领及其土著助手的陪同下，来到王宫拜见了女王陛下，接见仪式十分隆重。

波马莱六世女王年纪大约四十多岁。她和她的家人们一样，都穿着淡粉色的礼服，这是塔希提居民偏爱的颜色。女王接受塞勒斯·比克斯塔夫的敬意，神情和蔼可亲，仪态却不失尊贵。这样的礼仪即使让一位欧洲女王来评判，也没有什么可以挑剔的地方。她用优美而标准的法语与塞勒斯·比克斯塔夫交谈，法语在协会群岛是一种非常流行的语言。同时，女王表现出对标准岛强烈的兴趣，十分急切地想了解在这个太平洋地区家喻户晓的机器岛，并且希望这不是标准岛的最后一次来访。杰姆·坦克登受到女王特殊的礼遇，但这并不会伤害到纳特·科夫莱的自尊。毕竟波马莱的王族也是新教徒，而杰姆·坦克登则是十亿城新教徒区地位最高的人物，因此他受到特别的照顾也是情有可原。

“四重奏”在接见中丝毫没有受到冷落，女王亲自向四位成员表示愿意欣赏他们的演奏并为他们喝彩。四位音乐家躬身向女王致敬，表示愿意为陛下效劳。总监先生将会负责安排具体事项，肯定会令女王满意。

觐见持续了半个小时。当一行人拜别女王离开时，仪仗队在王宫门口以同样隆重的仪式欢送他们。

大家朝帕皮提港方向走去，中途临时在军人俱乐部停了下来。军官们在那里为标准岛的总督和十亿城的精英们准备了丰盛的午宴。杯子里斟满了香槟酒，大家频频祝酒，开怀畅饮。六点钟时，停泊在帕皮提港的礼宾船把大家送回了右舷港。

当天晚上，巴黎的艺术家们聚在娱乐场的大厅里。

“看来我们将要举办一场音乐会了。”弗拉斯科兰说道，“不过我们要为女王陛下演奏什么曲目呢？她能听懂莫扎特或者贝多芬吗？”

“我们为她演奏奥芬巴赫、瓦尔内、勒科克或者奥德朗的曲子！”佐恩回答说。

“哦！我看不行！”潘希纳插话进来，“肯定要演奏邦布拉舞曲！”他一边说，一边自我陶醉在这种黑人特色舞蹈的摇摆之中。